LOUISE JUHL DALSGAARD

GENUG

Die Übersetzung wurde von
Statens Kunstfond in Kopenhagen gefördert.

Statens
Kunstfond

MIX
Papier aus verantwortungsvollen Quellen
FSC www.fsc.org FSC® C004378

Titel der dänischen Originalausgabe:
Det dér og dét der

Grafische Gestaltung: Dorothea Löcker, Wien
Umschlagabbildung: © Vanessa Skotnitsky/Arcangel Images
Druck und Verarbeitung:
EuroPB, s.r.o., Tschechische Republik
ISBN 978-3-7117-2105-1

Informationen über das aktuelle Programm
des Picus Verlags und Veranstaltungen unter
www.picus.at

LOUISE JUHL DALSGAARD

GENUG

ROMAN

Aus dem Dänischen von
Gerd Weinreich

PICUS VERLAG WIEN

Ich vertraue meine Geheimnisse einem Stein an, dann grabe ich ihn ein, weit weg, ich habe Angst, dass er sich verplappert.

Ich habe kein Gefühl in den Fingerspitzen. Es ist die Jahreszeit, gemischt mit der Angst, gemischt mit plötzlichen Krämpfen. Ein Körper hat sich in Haut und Haar eingepackt, er ähnelt etwas, was mir ähnelt. Wäre da nicht gerade die Gefühllosigkeit in den Fingerspitzen und so weiter.

Wie beschreibt man eigentlich etwas, das man nicht spüren kann – eine Phantomleere?

Ich schreibe:

»Da ist etwas tief innen in der Mitte, das nicht wehtut.«

Am 24. August 1992 schreibe ich auf einen Zettel: »Ab heute will ich gesund leben, Sport treiben und abnehmen.«

Ich bin gerade mit dem Gymnasium fertig, ich habe einen lieben, Saxofon spielenden Freund, meine Eltern sind weder gewalttätig noch auf andere Weise rabiat. Ich möchte Literaturwissenschaft studieren und klug sein, nicht nur im Kopf, sondern auch mit dem Herzen, und werde die Liebe so sehr einfordern, dass sie wirklich wird. Ich möchte die Welt spüren, nicht auf Abstand und mit Vernunft; nein, ich möchte mit dem Feuer spielen, bis ich nach Pisse rieche. Das sind natürlich hardcoremäßige Vorhaben, schwer anzupacken. Also schreibe ich stattdessen diesen kleinen Zettel und hefte ihn an meine Pinnwand: »Ab heute will ich gesund leben, Sport treiben und abnehmen.« Im Laufe von neun Monaten nehme ich vierzig Kilo ab, werde von einer Hochschule nach Hause geschickt, weil man es nicht wagt, die Verantwortung für mein Leben zu übernehmen, ziehe in eine Dachgeschosswohnung in Kopenhagen, lese Herbjørg Wassmos »Dina« und weine, weil sie so hässlich und liebenswert zugleich ist. Eine Ärztin weist mich ins Krankenhaus ein, weil sie eine Latenzzeit von mehr als fünfzehn Sekunden zwischen ihrer Frage und meiner Antwort feststellt. Nicht weil ich meine Antwort abwägen müsste, sie fragt mich nur nach meinem Namen, sondern weil mein Gehirn auf Stand-by geschaltet ist. Ich komme im Frederiksberger Krankenhaus auf eine somatische Station mit Aidskranken, Krebskranken – und dann ist da noch Hanne, so heißt sie, glaube ich. Hanne war plötzlich gelähmt. Von heute auf morgen konnte sie nicht mehr gehen. Es war Stress, wie sich zeigte. Sie hatte über einen längeren Zeitraum ein Verhältnis mit einem Prominenten, er liebte sie sehr, wollte aber seine Frau nicht verlassen. Dieser Druck – heimlich und portionsweise zu lieben – lähmte sie. Nach sechs Wochen im Krankenhaus kann sie wieder gehen. Ich weiß nicht, was aus Hanne und ihrem heimlichen Verhältnis geworden ist, aber ich habe in *Ud & Se* gelesen, dass dieser Prominente immer noch mit seiner Frau verheiratet ist.

Während die Menschen um mich herum sterben, lahm oder gesund werden, werde ich rund um die Uhr von Medizinstudenten überwacht, die derart eifrig bestrebt sind, Verständnis für mich zu zeigen und Rücksicht auf mich zu nehmen, dass ich sie um meinen kranken kleinen Finger wickeln kann. Ich schaffe es, Essen in Jacken- und Hosentaschen und im Schlüpfer zu verstecken, Saft aus dem Fenster zu kippen und mich in die Krankenhausküche zu schleichen und meine kalorienreiche Kost gegen Diabetikerkost auszutauschen. Schließlich werde ich entlassen – auf einen Reiterhof in Hundested. Das hat mir gerade noch gefehlt. Es ist kalt und langweilig und wahnsinnig einsam, ich habe wenige Erinnerungen daran, ich bin dünn und müde und mein Gehirn ist auf Sparflamme. Aber ich kaufe mir eine Katze, Aishaa, für dreitausend Kronen, und die bekommt all die Liebe, die ich mir selbst nicht gönne. Ich esse schimmeliges Brot in der Hoffnung, dass ich krank werde und daran sterbe. Irgendwann komme ich weg von dort, fange an, Literaturwissenschaft zu studieren, hier erinnere ich mich unter anderem an Tue, Silberhose und Locken, wahnsinnig schlau. Ich hingegen bin nicht besonders schlau, denn ich konzentriere alle meine Kräfte darauf, auf leeren Magen jeden Morgen zwei Kilometer zu schwimmen und nach der Vorlesung zehn Kilometer zu laufen. Ich esse Tomaten aus der Dose, lutsche Brühwürfel, trinke Southern Comfort, ziehe um nach Aalborg, studiere Bibliothekswissenschaft, habe einen Heimtrainer und einen Stairmaster in meiner Einzimmerwohnung. Ich muss ja in Bewegung bleiben. Esse mich nachts satt, wenn die Vernunft aussetzt und der Körper sprechen darf, überlebt, spindeldürr, sich sehnt, fertig ausgebildet wird.

Was war das denn nun mit Feuer und Pisse, was anfangs so wichtig war?

Ich ziehe nach Aarhus und studiere weiter (weiter, immer weiter), ende im Zentrum für Essstörungen, zehn Monate, mit einer Sonde gefüttert und so nah dran an einer Persönlichkeitsspaltung, wie man es nur sein kann, ohne es eigentlich zu sein. Mein Gehirn möchte gesund sein, mein Körper beharrt darauf, dass ich es nicht wert bin. Jede Nacht, in der ich dort bin, nehme ich einen Bürostuhl als Hantel und stemme ihn, hoch, runter, hoch, runter, und mache dabei jede Nacht drei Stunden lang Kniebeugen. Und trinke Wasser vor jeder Gewichtskontrolle. Erreiche schließlich die famosen fünfzig Kilo, werde zur Dauerbehandlung in eine Einrichtung auf einem Acker in Mitteljütland überwiesen. Hier haben wir Gruppensitzungen: Ob ich mir nicht neue Socken kaufen kann, denn einer der Bewohner kann die, die ich anhabe, nicht leiden, und »übrigens knirschen deine Schuhe«.

Dann denke ich, nun musst du dich aber verdammt noch mal zusammenreißen, sonst musst du noch den Rest deines Lebens damit verbringen, auf einem Acker in Mitteljütland über Strümpfe und Schuhe zu diskutieren. Und ich reiße mich zusammen, langsam, aber sicher. Albere mit Männern herum, lese Bücher und denke verwirrte Gedanken, bekomme eine Arbeit, mache Dinge, die man auch macht, wenn man nicht krank ist, ich funktioniere.

Voruntersuchung 12.01.98

Pat. ist überwiesen von Oberarzt XXX, Abschnitt B14, Ålborg, zwecks Behandlung.
Kurz zusammengefasst ist Pat. in Ålborg geboren und aufgewachsen. Die Mutter das erste Jahr Hausfrau, danach Arbeit als Krankenhauslaborantin. Der Vater ist Professor für Sprachtechnologie und war Gastprofessor in Kanada, wo die Familie ein Jahr wohnte, als Pat. ganz klein war.
Pat. beschreibt ihre Schulzeit als glücklich, war sozial aktiv, extrovertiert, kam schulisch gut zurecht. Hat das Abitur mit einem Schnitt von 1,5 bestanden. Datiert ihre Essstörung präzis auf den 24.08.92 im Zusammenhang mit dem Abitur. Fühlte sich leer und hatte Schwierigkeiten, ohne Schule einen Lebenssinn zu sehen. Fühlte sich auch etwas zu dick, wog 72 kg, was bei einer Größe von 164 cm BMI 27,1 entspricht. Beschloss daher, Sinn in einer Gewichtsreduktion zu finden, und verfiel dem anorektischen Verhalten, das Pat. seitdem zeigt.
Symptome von Unterernährung: Frösteln, Müdigkeit, Schlafstörungen, Bauchschmerzen, Amenorrhö,

Gliederschmerzen, verminderte Konzentrationsfähigkeit, Ödeme an Händen, Knien und Füßen und in der Augenregion.

...

XXX, 1. Assistenzarzt/dr

1

»Sollen wir einen Spaziergang machen«, fragt meine Mutter, »sollen wir einen Hefeteig ansetzen?«

Ich weiß nicht, wie lange sie noch zu fragen gedenkt, und ich weiß nicht, ob sie erwartet, dass ich antworte.

»Alles gut?«, fragt sie und geht zur Tür hinaus, ohne sich umzudrehen.

Ich kann die ganze Zeit ihre Schritte, ihr Gerede hören.

Schließlich schlägt sie vor, dass wir uns einen Hund anschaffen sollen, genau das sagt sie. Dass wir uns einen Hund anschaffen sollen!

»Ich will keinen Hund«, antworte ich.

»Dieses Herumgewedele halte ich nicht aus, ich habe keinen Schwanz, mit dem ich ihm antworten könnte.«

Im Fernsehen sehen wir eine Sendung über die unsterbliche Qualle Turritopsis nutricula. Das Tier ist theoretisch unsterblich, da es sich von einem geschlechtsreifen Stadium in ein unreifes Stadium zurückentwickeln kann.

Als würde ein Mensch sich vom Erwachsenen zum Kind entwickeln.

Es ist Juli und die kräftigen Sonnenstrahlen fallen so, dass alles im Zelt in der Farbe des Zelttuchs leuchtet.

Ich sitze drin und denke: So ist es, sich orangefarben zu fühlen.

Später: Fühlt es sich so an, ein Mensch zu sein?

In meiner Klasse ist ein Mädchen. Monique. Sie ist wie ein Edelstein und hat eine Zahnspange.

Ich sage meiner Mutter, dass ich auch eine Zahnspange möchte, aber sie faltet ein Geschirrtuch in der Mitte, einmal, und dann noch einmal. Dann schaut sie mich an und sagt:

»So hängen die Dinge nicht zusammen.«

Ich frage:

»Wie dann?«

Ich liebe Lieder wie zum Beispiel »Tom Dooley« und »Mariechen saß weinend im Garten«, aber mein Musiklehrer verbietet mir zu singen, denn ich singe zu laut, so ist es mit mir, zu laut, zu liebebedürftig, zu viel. Ich liebe die Sommer, die heißen, und ich laufe herum und gieße in allen angrenzenden Gärten, als wäre das eine Art Strafe für etwas, von dem ich nicht so recht weiß, was es ist. Und ich liebe die langen Abende, an denen ich derart die Klappe halte, dass es meinem Vater auffällt und meine Zähne vor Freude prickeln.

Es gibt auch Tage, an denen ich aufwache und alles vergessen habe – irgendwie ALLES. Zum Beispiel, wozu Schuhe eigentlich gut sind.

In einem Winter bekomme ich ein Sonnenekzem und Fieber, und in meiner Verwirrung stelle ich mir vor, dass ich eine Eidechse bin, die den Schwanz verliert. Ich liege in meinem Bett und rufe: »Ich verschwinde, ich verschwinde.«

Später fange ich an zu zweifeln. Vielleicht, weil ich aufhöre zu essen, so in der Art »wenn A, dann B«, »wenn Haut, dann Knochen«.

Es vergehen auf jeden Fall viele Jahre, bevor ich

erkenne, dass kein Trost darin liegt, irgendwie zusammenzuhängen, sondern dass man auch so leben kann wie eine Eidechse ohne ihren Schwanz.

Als ich acht bin, wünsche ich mir ein Pferd.

Meine Mutter sagt, so was macht viel zu viel Arbeit. Stattdessen gibt sie mir Geld. Davon kann ich mir eine Schildkröte kaufen.

Ich taufe die Schildkröte im Waschbecken.

Kaninchen nenne ich sie.

Dann lese ich über Schildkröten, wie man sie behandelt und pflegt, und eine Geschichte darüber, dass die Erde auf einem Schildkrötenpanzer ruht. Ich finde das spannend und fange an, alles Mögliche über die Erde und den Weltraum zu lesen, über Sterne und Galaxien und über Planeten ohne Wasser.

Meine Mutter sagt, ich soll bei solchen Sachen aufpassen, nicht an schwarze Löcher und Unendlichkeit denken. »Man wird verrückt«, sagt sie.

Ich denke an nichts anderes.

Ich lese auch sehr viel über Eulen, ich finde es spannend, dass ihre Augen so tief liegen und sie ihren Nacken sehen können.

Ich schreibe eine Geschichte über eine Eule, die Ulla mit Vor- und Nachnamen heißt:

»Ich heiße Ulla Ulla«, schreibe ich, »aber die meisten nennen mich nur Ulla.«

Ich zeige die Geschichte mit der Eule meiner Lehrerin, die meine Mutter anruft.

Sie reden lange miteinander, und als das Gespräch beendet ist, fragt meine Mutter, ob ich Hunger habe.

Am nächsten Tag bittet mich die Lehrerin, alles aufzuschreiben, was mich glücklich macht.

»Wenn ich auf dem Kopf stehe und lächle, dann denken die Leute, dass ich traurig bin«, schreibe ich.

Ich bekomme es zurück mit der Bemerkung, dass ich die Aufgabe missverstanden habe.

Im ersten Schuljahr kommt ein neuer Junge in die Klasse, er heißt Kaspar mit betontem A. KaspAr. Kaspar ist sehr klein und kreideweiß, er geht im November in Shorts, sein Haar glänzt so sehr, dass man es fast nicht aushalten kann, darauf zu schauen; Kaspars Hände sind zart und eher durchsichtig als weiß, man kann die blauen Adern unter der Haut sehen. Das sieht aus wie Finger von einem Schlumpf oder wie etwas von einem fremden Planeten.

Kaspar darf essen, was immer er will. Ansonsten gilt die Regel, dass wir drei Stücke Schwarzbrot mit gesundem Belag essen sollen, erst dann irgendwas Schokoladiges. Aber Kaspar hat vier Scheiben Weißbrot mit Nutella, nichts anderes, und das darf er auch. Er isst nie mehr als eine halbe Scheibe, vielleicht ein kleines bisschen von der anderen Hälfte. Man kann den Abdruck seiner Zähne auf der halben Scheibe sehen, die er nicht aufgegessen hat. Sogar seine Zähne sind klein und unauffällig wie bei einer zu früh geborenen Maus oder einer großen Maus mit sehr, sehr kleinen Zähnen. Ich denke oft daran, ihn zu fragen, ob ich das, was er nicht gegessen hat, haben kann, aber ich tue es nicht, denn Kaspar hat seine eigenen Regeln und über die reden wir nicht.

Kaspar wohnt nicht bei seiner Mutter und seinem Vater. Seine Mutter ist vor einem Jahr gestorben, und sein Vater ist deswegen immer noch so traurig, dass er sich nicht um Kaspar kümmern kann. Ich weiß nicht, wie traurig man sein muss, dass man sich nicht um sein Kind kümmern kann, aber es muss merkwürdig sein, wenn der eigene Vater die Mutter mehr vermisst als einen selbst, und das, obwohl sie schon tot ist. Stattdessen wohnt Kaspar bei seinen Großeltern. Sie kümmern sich sehr um ihn, sie fahren ihn jeden Tag zur Schule, begleiten ihn hinein, helfen ihm beim Ausziehen und stellen einen Behälter mit rotem Saft auf seinen Tisch. Bevor sie wieder fahren, gehen sie vor ihm in die Hocke und sagen: »Du kannst sie einfach bitten, uns anzurufen, wenn wir dich holen sollen.« Dann gehen sie, und Kaspar bleibt zurück an seinem Tisch mit seiner unglaublich großen Hose, mit seinen unglaublich kleinen Beinen, die in der Luft baumeln und hin und her schlackern.

Danach denke ich nicht mehr an Kaspar, bis wir dann Pause haben und er seine Nutellabrote hervorholt.

Kaspar bleibt nicht lange in unserer Klasse. Es ist, als würde er immer weißer und immer dünner. Am Ende isst er nicht mal die Hälfte einer halben Scheibe, aber ich wage es immer noch nicht, ihn zu fragen, ob ich seine Brote haben darf. Eines Tages kommt er nicht mehr. Die Lehrerin sagt, dass Kaspar eine Auszeit nimmt. Das bedeutet, er braucht die Zeit, sich daran zu gewöhnen, keine Mutter mehr zu haben, statt zur Schule zu gehen. Sie sagt auch, dass es sehr schwer ist, jemanden zu verlieren, den man mag, und dass man dann nicht so recht weiß, was man mit dem Raum in einem anfangen soll, in dem die Mutter gewohnt hat. »Es gibt viele Dinge, die man klären muss«, sagt sie, »wie man den Raum einrichten soll, ob jemand anders dort einziehen soll, ob man Möbel auswechseln soll, all so was.«

Sie sagt auch, dass Kaspar für all das Zeit braucht, aber dass es schon irgendwie gehen wird, denn er hat ja seine Großeltern, die sich gut um ihn kümmern.

Ich habe auch einen Raum, der leer steht. Ich weiß nicht, wem ich das sagen soll, oder ob ich es überhaupt jemandem sagen soll, denn meine Mutter ist ja nicht tot. Eigentlich ist niemand tot. Doch, mein Opa ist tot, aber er war alt, und ich habe ihn nicht richtig gekannt, und er hatte kein eigenes Zimmer in mir. Und doch habe ich einen Raum, der leer steht. Vielleicht hat nie jemand darin gewohnt, vielleicht wartet er darauf, dass jemand einzieht.

Er sitzt direkt unter dem Hals, der Raum, und ich wache oft mit Sodbrennen auf, das tut weh. Eines Tages versuche ich, meiner Lehrerin zu sagen, dass ich einen Raum habe, der leer steht, genau wie Kaspar, und dass ich da so ein Brennen fühle. Doch sie klingt wütend, als sie sagt, dass wir alle irgendwas haben, was wehtut, aber dass es nicht dasselbe ist wie seine Mutter zu verlieren. Das macht mich verlegen, denn das weiß ich ja. Ich weiß ja, dass man nicht traurig sein kann, wenn man nichts hat, das einen traurig macht. Also spreche ich nicht mehr über den leeren Raum, sondern fange an, kleine Nutellastullen in meiner Tasche zu verstecken. Ich esse sie auf dem Weg von der Schule nach Hause, wenn es niemand sieht. Den Raum füllen sie nicht, aber gegen mein Sodbrennen helfen sie ein wenig. Ich erfinde auch einen Zwilling, der tot ist. Sie heißt Nayaa. Ich spiele, dass das ihr Raum ist, der leer steht. Ich rede jeden Tag mit ihr, und sie verspricht, auf mich aufzupassen, sie sagt auch, dass ich sie einfach rufen kann, wenn ich eine Auszeit brauche.

Später, als ich zu groß bin für heimliche Freunde und Nutellastullen, höre ich völlig auf zu essen, genau wie es Kaspar getan hat, kurz bevor er verschwand.

Mein Mathematiklehrer sieht, dass ich mich in den Stunden langweile, und gibt mir einige Aufgaben mit dem Siebenersystem. »Das ist eine ganz neue Art, Teile zusammenzusetzen«, erklärt er mir, aber ich finde, das ist die gleiche Art, nur in einer anderen Reihenfolge.

Stattdessen nutze ich die Zeit, Rüssel und Clownsnasen zusammenzulegen. Das Ergebnis ist eine lange rote Trompete. Oder ich ziehe zehn Mäuse von neunzehn Affen ab und sitze am Ende mit einem Igel und einem Kolibri da.

»Wenn drei und drei sechs ergeben können, dann können ein Igel und ein Kolibri doch wohl ein Pferd ergeben«, denke ich und zeichne ein Pferd, das ich meinem Lehrer gebe.

Ich bekomme eine Drei im Jahreszeugnis. Das hatte ich noch nie, hatte sonst immer nur Einsen oder Eins minus, das macht mich schon traurig. »Das ist doch nur eine Zahl«, sagt mein Lehrer, und da hat er ja recht. Aber ich höre trotzdem auf, mit Clownsnasen zu rechnen, halte mich an die Zahlen, löse alle Aufgaben ohne Fehler und schaffe meine Matheklausur in der halben Zeit.

»Gut in Mathematik, gut in Kummer.«[1]

1 Zitat aus Lea Løppenthins Gedichtband »Marts er bedst/ März ist am besten«. OVBIDAT 2016.

Ambulantes Gespräch 17.12.98

Wir sprechen darüber, was passiert ist und warum Pat. ihre Anorexie bekam.
Pat. betrachtet die Krankheit als einen Protest gegen die Eltern, die ihre Leistungen schätzten, aber keinen Platz für ihren Kummer, ihre Verzweiflung und Verwirrung hatten.
Befragt, um was für eine Art von Verzweiflung und Verwirrung es sich handelt, antwortet Pat., dass es diffus ist.

Wiederbestellt
für 08.01.99, 12.30 Uhr

XXX, Oberarzt/ma

Ich lese in einem Lexikon, dass Eulen nachts jagen, und bekomme Angst. Sowohl ins Bett zu gehen als auch aufzustehen. Jeden Abend liege ich im Dunkeln und warte darauf, dass es dunkel GENUG wird, und wenn ich aufwache, treibt mich die Angst um, Angst, ob mir meine Kleider immer noch passen und ob meine Nägel in Wirklichkeit jemand anderem gehören?

Ich erzähle das meiner Mutter. Das mit dem Dunkel und das mit meiner Angst.

Aber sie lächelt nur und sagt, dass das Dunkel vermutlich mehr Angst vor mir hat als umgekehrt.

Viele Jahre später träume ich, dass meine Mutter eine russische Puppe ist; ein Körper, gefüllt mit sich, gefüllt mit sich, gefüllt mit sich, gefüllt mit sich, gefüllt.

Ganz innen drin in all den Puppen ist eine russische Puppe, die aussieht wie ich. Ich bin mit nichts gefüllt, und nur wenn meine Mutter alle Puppen öffnet, kann ich hinausschlüpfen.

Wir spielen ein Spiel, sie und ich. Wir wiederholen all das Stumme: »H-jalmar, das H ist stumm«, sagt meine Mutter, und dann steht sie mehrere Minuten lang da und sagt so einen Laut mit dem Hals, als wäre da etwas, was festsitzt.

Das Motto meiner Mutter ist: »Knochenarbeit und Kampfgeist.« Sie macht alles von Grund auf – einfach alles, und bewahrt zum Beispiel einen Sauerteig jahrzehntelang auf.

»Darum weiß ich, dass Fäulnis haltbar macht«, sagt sie.

Meine Mutter erzählt oft von früher. Dann blättert sie eine Seite weiter in der Mappe mit den vergilbten Fotos.

»Im Winter froren meine Nylonstrümpfe an meinen Beinen fest«, sagt sie und zeigt auf ein Bild mit einem Mädchen auf dem Rad im Schneewetter. Dann leckt sie mit Bedacht an ihrem Zeigefinger, bevor sie die Seite umblättert.

Seite um Seite um Seite.

Behände, buchstäblich gesagt.

Sie flicht mein Haar ganz stramm, sie sagt, dass es dick ist und gezähmt werden muss. Aber mein

Gesicht verzerrt sich und meine Lippen gehen in Spagatstellung: »Cheese.«

Ich bin ein lächelndes Kind, sie ist eine behände Mutter, und so passt alles, sagt sie, wenn wir nur wollen.

Ich lese viele Bücher. Eine Art und Weise zu existieren, mich mir zu nähern.

»Jetzt gehe ich raus und wachse heran«, lese ich.

Ich bin immer auf der Suche nach Pfifferlingen. Ich stelle mir vor, sie sind kleine orangefarbene Planeten oder notgelandete Raumschiffe, die von einem unterirdischen Universum aufleuchten.

Meine Mutter verträgt keine Pilze, mein Vater hingegen meint, das sei nur eine Frage des Trainings.

»Probier noch mal!«

Und sie probiert und übergibt sich tagelang. Dieses Geräusch, wie ein Schiffskörper, der zerbricht.

»Gutes Essen erspart dummes Geschwätz«, steht auf den Kacheln über dem Herd.

In einem Sommer taufe ich meine Knie. »Das da« und »das da«, nenne ich sie, wie Schultze und Schulze, nur mehr gleich, fast eins und damit einsamer.

Ich habe im Fernsehen gesehen, wie es Ärzten gelungen ist, Hände eines Menschen einem anderen zu transplantieren. Ich denke: Vielleicht bin ich so in meinem Körper geendet. Ich denke: Vielleicht bin ich der eines anderen?

Viele Jahre lang sind meine Knie das Einzige, was mich mit mir verbindet.

Das da und das *da*.

Ambulantes Gespräch 30.01.01

Gewicht 36,9 kg

BMI: 13,6

Pat. erzählt, dass es ihr schlecht geht. Sie fühlt sich sehr müde und erschöpft, und sie hat gelegentlich das Gefühl, nicht mehr leben zu wollen. Während sie dies erzählt, muss sie weinen, und ihr Wunsch weiterzuleben ist deutlich erkennbar.
Pat. erzählt, wie sehr sie sich wünscht, nicht wählen zu müssen, sie würde sich wünschen, alles, was entschieden werden muss, ihrem Bruder zu überlassen, der die Person ist, der sie am meisten vertraut, weil er ihre Wut aushält und zugleich an seiner eigenen Meinung festhält. Wir diskutieren die Möglichkeit, einen Vertrag mit dem Bruder darüber zu schließen, nicht aufzugeben. Pat. wirkt positiv angesichts einer solchen Initiative.

Einschätzung

Pat. wirkt authentisch, konstruktiv und ist sich offenbar im Klaren darüber, welchen Schwierigkeiten

sie ausgesetzt ist. Sie notiert sorgfältig das Datum für das nächste Treffen, das am
05.02.01 um 09.15 Uhr ist.
Dieses ist als klares Anzeichen dafür zu betrachten, dass Pat. keine konkreten Suiziderwägungen hat.

XXX, Sozialberaterin/llo

Mein Bruder und ich schneiden Bilder aus Zeitschriften aus. Wir sortieren sie in kleinen Haufen. Blumen und Tiere hier, Menschengesichter dort, Dinge und Sachen in einem dritten.

Einmal bittet mich mein Bruder, die Augen zu schließen, und ich tue, was er sagt. Dann schneidet er zwei Stücke Klebestreifen ab und legt sie auf meine Augenlider.

Ich sage ihm, dass ich das nicht mag, weil es mir Angst macht. Aber er antwortet, es gebe keinen Grund, Angst zu haben.

»Solange du deine Augen geschlossen hältst, passiert nichts«, sagt er.

Ich höre, dass er aufsteht, herumrumort, und ich frage, wie lange ich noch so mit geschlossenen Augen und Klebeband sitzen soll.

»Einen Augenblick«, antwortet er.

Dann nimmt er meine Hand. Sein Griff ist fest, zupackend. Er führt mich zur gegenüberliegenden Seite des Zimmers und erzählt, dass er drei Fotos auf die Kommode gestellt hat.

»Eines von Mama, eines von dir und eines von mir.«

»Jetzt musst du auf das Bild von mir zeigen«, sagt er, und aus irgendeinem Grund weiß ich, es ist ernst.

Manchmal verkleiden wir uns. Wir binden uns Schürzen um und tun so, als wären es Kittel. Mein Bruder ist der Arzt und ich die Krankenschwester.

Der Arzt geht im Zimmer herum und stellt die Blumen auf dem Fensterbrett um.

»Nein, nein, nein«, schimpft er mürrisch, »ich habe doch gesagt, ihr sollt da stehen.«

Er spricht mit lauter Stimme und zeigt ein paarmal auf die Blumen.

»Das sind so die Dinge, die Menschenleben kosten«, sagt er, so, wie sie es immer im Fernsehen sagen.

Mein Bruder geht weiter herum, herum und herum und herum. Zwischendurch knipst er aufgebracht Blüten ab, nicht nur die verwelkten Blätter müssen dran glauben.

»Sollen wir nicht mal langsam in Gang kommen«, fragt er, und ich nicke und beeile mich, eine Pflanze in die Hand zu nehmen, nur um etwas zu tun.

So endet es fast immer. Mit meinen unruhigen Händen und einer Pflanze, von der ich nicht weiß, was ich mit ihr anstellen soll.

Ich habe immer Angst, so jemand zu sein, dessen Verhalten Menschenleben kostet.

Mein Bruder liest mir vor, weil ich krank bin. Wir liegen auf dem Hof meines Opas auf dem Dachboden in einem alten Doppelbett mit vergoldeten Beinen.

Mein Bruder pupst, ich sage: »Äh, du hast gepupst.« Er antwortet: »Nein, hab ich nicht«. Ich entgegne: »Doch!«

Mein Bruder sagt, ich könnte ja einfach meine Nase in seinen Hintern stecken und riechen. Ich bin sechs Jahre alt und stecke meine doofe Nase in seinen Arsch, und er pupst so widerlich, dass ich mich übergebe.

Wirklich, ich übergebe mich auf meine Kleider.

Die Liebe hat viele Gesichter und einen großen Arsch.

VERTRAG FÜR [redacted]

Dies sind meine [redacted] Erkenntnisse.

Dies ist somit der Hintergrund für die Voraussetzungen des Vertrags, die regelmäßig in Erinnerung zu rufen sind.

1. Ich MUSS und WILL gesund werden – die Alternative ist Nicht-Existenz.
   Das wird UNERTRÄGLICH hart, aber es hat ein Ende und wird mit dem Leben belohnt.
   Ich wünsche mir ein Leben ohne die grotesken und absurden Verzerrungen durch die Anorexie.
   Ich will da RAUS!

   Ich ***will*** daher selbst dafür kämpfen und versuchen, Verantwortung für meinen Kampf raus aus der Anorexie zu übernehmen.

2. Ich habe es in den letzten 10 Jahren nicht geschafft, die Krankheit selbst zu bekämpfen. Jetzt muss ich Teile der Aufgabe professionellen und lieben Menschen überlassen, wobei ich doch gleichzeitig erkenne, dass ich, *ich*, den Willen haben muss, aus der Anorexie herauszukommen.

3. Es ist KEINE Frage von Macht oder Recht seitens der behandelnden Personen. Was diese unternehmen und sagen, ist als aufrichtiges Angebot dafür zu verstehen:
   - wie der Anorexie am besten gegenzusteuern ist
   - wie ich für mich ein Dasein schaffen kann ohne die Fesseln der Anorexie

   Ich habe somit Vertrauen in das Wissen und die guten Absichten der behandelnden Personen.

4. Ich habe Vertrauen in die gesunde und einsichtsvolle Urteilskraft meines Bruders.

5. Mit meiner Anorexie bin ich vergleichbar mit einem minderjährigen grenzsuchenden Kind, das auf der Suche nach seiner Identität **Grenzen und die Führung durch andere braucht**, um sich entwickeln zu können und ein lebenstüchtiges Ich zu schaffen.

6. Meine Entscheidung hat Konsequenzen für den Rest meines Daseins.

<u>Falls ich die Entlassung fordere oder Behandlungsansätze verweigere, soll Folgendes getan werden:</u>

a) Ich bekomme Platz zum Weinen und zum Wüten – notfalls zusammen mit dem Personal.

b) Ich muss [redacted] (meinen Bruder) anrufen und ihm den Sachverhalt im Detail schildern. Er kann sich – nachdem ihm der Sachverhalt bekannt ist – eine Bedenkzeit von bis zu 4 Stunden erbitten, wonach er seine Haltung zum Sachverhalt erläutert.

c) Seine Entscheidung gilt! Das ist bindend, weil ich daran glaube, dass seine Entscheidung aus echter Fürsorge getroffen wurde, getragen von dem Wunsch nach Heilung, und weil er empfänglich für meine Argumente und meine Situation ist und darauf Rücksicht nimmt.
Ich vertraue darauf, dass er nur mein Bestes will, und er ist in dieser Situation mein einstweiliger Vormund.

d) Breche ich die Absprache/den Vertrag und halte ich daran fest, entlassen zu werden, **kann das nicht vor Ablauf von 48 Stunden erfolgen!**
(Die 48 Stunden zählen von dem Moment an, in dem er von den Umständen unterrichtet wurde)

Ändere ich in diesem Zeitraum meine Meinung und willige ich in die Behandlungsschritte ein, werden diese ohne weitere Einwendungen umgesetzt. (Und der 48-Stunden-Countdown wird abgebrochen.)

Mein Bruder *und das Personal/die Behandelnden geloben hingegen:*

a) NUR mit unverfälschten Absichten zu handeln, um für mich (natürlich NICHT für mein anorektisches Ich) das Beste zu wollen.

b) Zuzuhören und aufrichtig empfänglich für meine Ansichten, Argumente und Gefühle zu sein, *aber* zugleich – wie Eltern gegenüber ihrem Kind – mir Grenzen zu setzen, wenn mir das am besten dient.

c) Angemessene Nachsicht und Fürsorge zu zeigen – auch wenn ich eure Geduld auf eine harte Probe stelle.

d) Mir unglückliche Aussagen/Reaktionen zu verzeihen, die im Affekt geschahen, für die ich mich nachfolgend entschuldige.

e) Sich vor Augen zu halten, dass ich sehr, sehr krank bin und das 1/3 meines Daseins war, was vielleicht gewisse Reaktionen, Muster und Handlungen erklären kann.

In dieser Erkenntnis steckt auch, dass er und das Behandlungspersonal die Lügen und Verheimlichungen, die mein anorektisches Ich benutzt, aufdecken.

Der Vertrag gilt ab ~~18.2.~~ 4.3. 2002 und wird von der Patientin, dem Bruder der Patientin und relevantem Behandlungspersonal unterzeichnet. Der Vertrag hat vorläufig Gültigkeit bis zu einem BMI von 19, wonach er revidiert und der Behandlungsstufe angepasst wird.

[redacted] [redacted] [redacted]

Datum 1.3.02 Datum 26.2.2002 Datum 26.02.02

Unterschrift [redacted] Unterschri[redacted] Unterschrift [redacted]

Kämpf, Louise
– Am Ende wartet das Leben

Eines Tages spielen mein Bruder und ich im Nachbargarten zwischen den alten Obstbäumen, in denen man so gut klettern kann. Dort sind auch Büsche mit Beeren, Himbeeren, Schwarzen Johannisbeeren und noch einer dritten Art, von der ich nicht mehr weiß, wie sie heißt. Wir spielen und essen uns satt an Ananasäpfeln, Gravensteinern – und vor allem an Schwarzen Johannisbeeren. Ich muss pinkeln, aber mein Bruder bittet mich, es noch ein bisschen zu unterdrücken, und obwohl ich es fast nicht aushalte, tue ich es dennoch, wo er nun schon mal spielen will. Und dann all die Beeren.

Plötzlich wird es warm zwischen meinen Beinen und an den Seiten, die Hose wird dunkel, erst ein kleiner Fleck, der wächst, bis er das eine Hosenbein ganz ausfüllt, nass und feucht.

Mein Bruder ruft »Boa« und macht ein Zeichen.

Ich laufe nach Hause, mein Bruder hinterher, meine Mutter schimpft.

Ich sage, dass mein Bruder, der …

»Gelogen«, ruft er.

»Stimmt aber«, rufe ich.

»Hört auf«, ruft meine Mutter und hilft mir aus der Hose, seufzt.

Sagt: »So ist es, schuld sind immer die anderen.«

Ich spiele nicht mit Sachen, aber mit mir. An manchen Tagen bin ich eine Art Puppe, dann bewege ich die Arme, erst den einen, dann den anderen, und drücke auf meinen Bauchnabel: »Uhuhuhu«, weine ich.

An anderen Tagen bin ich ein Möbelstück, mit dem ich Räume einrichten kann. Dann bewege ich mich von einer Ecke in eine andere oder stehe viele Minuten lang ganz still, weil ich ein Sofa bin.

Die besten Tage sind die, an denen ich »Zahlen und Glieder« spielen kann.

»Kleines Bein«, sage ich zu einem meiner Beine. »Heute bist du kein Bein, sondern eine Vier. Wenn du einen Schritt machst und noch einen Schritt und noch einen, dann habe ich zwölf Beine, ein ganzes Heer. Marsch.«

Ich nehme mal und teile, ich zähle zusammen und ziehe ab.

Ich komme fast immer mit mehr Beinen nach Hause, als ich gebrauchen kann, und es tut mir jedes Mal genau dort weh, wo ich ein Bein abschneiden muss.

Mein Bruder nennt das Phantomschmerzen.

Eines Nachts träume ich, dass ich unter einem Glas gefangen bin und dass außen auf dem Glas eine Fliege sitzt und zu mir reinschaut. Die Augen der Fliege sind sehr, sehr groß, und ich bin sehr, sehr klein, und ich kann nicht fliegen, obwohl ich Flügel habe.

Im Traum kommt mein Bruder zu mir, er tröstet mich und sagt, dass ich vor nichts Angst haben muss. »Da ist keine Fliege, und du hast keine Flügel, und jetzt musst du schlafen«, sagt er und legt die Bettdecke fest um mich.

Aber ich habe immer noch Angst, denn es ist nicht mein Bruder, sondern eine Fliege, die mir einen Gutenachtkuss gibt. Ich rufe um Hilfe, ich rufe, dass ich nicht schlafen kann und dass meine Flügel aus Glas sind.

Aber das Glas erstickt den Laut, und da ist niemand, der mich hören kann.

Auch nicht mein Bruder.

Treffen betr. das weitere Vorgehen 22.02.02

Anwesend sind Pat., ihr Bruder, 2 häusliche Hilfen: Vibeke und Pernille, dazu die Unterzeichnende.

Das Gewicht heute ist 36,7 kg – ein Gewichtsverlust von 800 Gramm seit 05.02.02.
BMI zwischen 13 und 14
Isst weiterhin eingeschränkt. Bewegungszwang steigend. Schläft meistens gut, aber fühlt sich sehr müde.

Pat. ist weiterhin physisch und psychisch von ihrem allzu niedrigen Gewicht mitgenommen. Fühlt sich stets gestresst, rastlos, unruhig und ist voller Angst, allein zu sein. Erzählt, dass sie erschreckende Gedanken hatte, hat u. a. an Selbstmord gedacht, um Ruhe zu finden. Der Bruder sagt, dass sie das sein lassen soll, bittet sie, ihn anzurufen, sobald ihr solche Gedanken kommen.
Ich sage Pat., dass es andere Möglichkeiten gibt, Ruhe zu finden, dass es möglich ist, ein anderes Leben zu haben, als sie es heute hat, sofern sie mehr

Essen zu sich nimmt und das Gewicht erhöht, was mit einer Einweisung möglich wäre.
Ich skizziere den Verlauf seit der letzten Einweisung.
Pat. hat seitdem häusliche Hilfe bekommen, erst 3 Tage, später 5 Tage in der Woche, hat ein Praktikum in einer Bibliothek gemacht, hat eine neue Wohnung bezogen, hat in diesem Zeitraum aber dennoch mehr als 10 kg verloren.
Wir haben auf einer Konferenz die Situation der Pat. diskutiert und meinen, dass eine Einweisung notwendig ist. Bruder wirkt erleichtert, sagt, das letzte Mal, dass er seine Schwester froh gestimmt erlebt hat, war genau während einer Einweisung.
Anschließend erkläre ich Pat. Sinn und Zweck einer Einweisung. Sie muss ein Kilo pro Woche zunehmen oder wird ansonsten ins Bett gelegt. Wenn sie weiterhin nicht ein Kilo zunehmen kann, bekommt sie Essen mit einer Sonde. All dies aufgrund ihres schlechten physischen und psychischen Zustands.
Pat. widersetzt sich der vorgeschlagenen Behandlung. Sie fängt an, mit ihrem Bruder zu diskutieren, meint, dass die Abteilung Gewichtszunahme nach falschen Prämissen berechnet und dass sie nicht wünscht, ins Bett zu müssen wie ein unartiges Kind.
Nachdem Pat. ihre Kritik geäußert hat, bricht sie

zusammen, weint, sagt, dass sie nicht mehr kann, Angst vor sich selbst hat, dass sie gern eingewiesen werden möchte.
Dieser Verlauf, denke ich, wird für den weiteren Verlauf mit Pat. charakteristisch sein. Sie wird diskutieren, argumentieren, alle anklagen, sie zu demütigen und kein Verständnis zu haben, um danach zusammenzubrechen und die Behandlung fortzusetzen. Das wird sich wiederholen.
Im Verhältnis zum Bruder ist der Kontakt direkt und grob. Der Bruder redet mit seiner Schwester in einer sehr unverblümten Sprache, es gibt keinen Zweifel an seiner Haltung, nämlich dass die Schwester zurzeit ein in jeder Hinsicht fragwürdiges Leben führt und dass sie während der Einweisung behandelt werden muss. Pat. widerspricht, ruft, schimpft, hält hinterher die Hand des Bruders, lehnt sich an ihn.
Ich weise darauf hin, dass Pat. zur Einweisung notiert ist, dass wir aber aktuell keinen freien Platz haben.
Der erste freie Platz wird Pat. zugewiesen.

Wiederbestellt für 29.02.02, 13.30 Uhr
XXX, Sozialberaterin/sr

Viele Jahre später bitte ich meinen Bruder, mit fünf Worten zu beschreiben, wie ich war, als ich krank war. Er antwortet:

Erstens: Lügnerisch. Zweitens: Jämmerlich. Drittens: Abgezehrt. Viertens: Belastend. Fünftens: Schwester.

In dem Sommer, als ich elf werde, frühstücken wir im Garten. Meine Mutter schickt das Brot herum, das in einem geflochtenen Korb auf einer ausgebreiteten Serviette liegt. Die Serviette ist gelb, die Sonne ist gelb, mein Kleid ist gelb. Mein Vater zeigt auf mich, sagt: »Seht mal, sie hat Beulen im Kleid bekommen, die Kleine.«

Es dauert ein Jahr, drei, viele Jahre, einen Weg aus diesem Kleid zu finden, aus dem gelben, weg von diesem Finger.

Meine Knie bleiben dieselben. Aber mein Kleid wechselt die Farbe, meine Brüste tauschen den Platz, und wenn es draußen friert, kann man meinen Atem sehen, der wie bei einem Pferd in der Luft hängt.

2

Meine Mutter versteht sich auf Hefeteig. Sie hat ein Gefühl für die Menge von Mehl und Salz, die Wassertemperatur und den Willen des Teiges.

Sie lässt ihn ruhen, den Teig, genau so lange, bis er sich selbst zu groß wird. Dann schlägt sie ihn nieder, bis er wieder in die Schüssel passt, und formt die herrlichsten runden Milchbrötchen, immer passend zur Größe meines Hungers.

Ich liebe diese Brötchen.

Meine Mutter sagt, wenn sie stirbt, dann möchte sie gern einen Grabstein mit der Inschrift:

»Sie verstand sich auf Hefebrot.«

Ich will neben ihr liegen, aber auf meinem Stein soll nichts stehen.

Anruf der Mutter 14.03.02

Die Mutter wird über die Situation informiert, u. a. darüber, dass wir entschieden haben, Pat. zu behalten, trotz ihres widerstrebenden Verhaltens hinsichtlich der Behandlungsansätze. Die Mutter ist sehr erleichtert, dass Pat. eingewiesen bleibt.
Die Mutter erzählt darüber hinaus, wie sehr sie sich Gedanken über den Hintergrund der Essstörung der Tochter gemacht hat. Die Mutter erzählt von einem fröhlichen, aktiven und insgesamt energiegeladenen kleinen Mädchen, das ohne Probleme aufgewachsen ist. Auch die ersten Jugendjahre auf dem Gymnasium waren ohne Auffälligkeiten, warum also musste es dann so schiefgehen? Wir einigen uns darauf, dass Pat. wohl doch eine zartere Persönlichkeit ist, als sie unmittelbar scheint.
Die Eltern sollten übrigens zu einem Gespräch geladen werden.

XXX, Sozialberaterin/llo

Donnerstags hat meine Mutter frei. Am Vormittag setzt sie Teig an, dann Fensterreinigung mit Sulfo und Schrubber. Die Toiletten sind in der Regel auch dran, danach riecht es säuerlich und ätzend. Ich traue mich nicht, mich als Erste auf die Brille zu setzen. Allein schon die Vorstellung, dass ich meinen Hintern verätzen könnte. Danach ist sie kurz in der Stadt, denn dort ist die Milch am billigsten. Dann zum Markt, um Käse zu kaufen. Sie probiert immer erst eine Menge, bevor sie sich entscheidet. »Käse ist für mich, was Luft für die Lunge ist«, erklärt sie. Wieder zu Hause formt sie Milchbrötchen und schiebt sie in den Backofen. »Zwölf Milchbrötchen, zwölf Minuten.« Dann die lange Wartezeit, bis man sie endlich essen kann. Sie dürfen nicht zu warm sein, sonst sickert die Butter ein, »und man will doch nicht an Fett ersticken«, sagt sie, nimmt einen Klacks Butter von der Messerspitze und isst. »Wenig, aber gut«, sagt sie lächelnd.

Wenn die Milchbrötchen abgekühlt sind, darf ich eins in zwei Hälften schneiden und mit Butter und Zierapfelgelee bestreichen. Meine Mutter isst lieber Knäckebrot, Wasa Frukost, natürlich mit Käse, jeweils zwei dicke Scheiben, dazu eine ordentliche Kanne Tee der guten Sorte von Perch. Schließlich legt sie zwei getrocknete Feigen auf den Teller, als eine Art Nachspeise, und setzt sich in die Stube, die Beine hoch auf einem Stuhl – für den Blutkreislauf. Ich sitze daneben und höre, wie sie sich den Weg durch das Knäckebrot und die Familienchroniken à la Samuel Rachlin knabbert. Ich höre das Knacken von Knäckebrot und nicht zuletzt das der Feigen. Dieses Geräusch, wenn sie die Feigenkerne mit ihren Zähnen zerquetscht, einen nach dem anderen. Es ist, als würde sie etwas zurechtrücken, etwas anschlagen. Ich liebe es, daneben zu sitzen, zu lauschen und zu wissen, dass MEINE Mutter nicht nur weiß, wie man die Zähne zusammenbeißt, sondern auch, wie man um sich beißt.

Ich bekomme eine Blasenentzündung und soll so ein hellrotes Antibiotikum schlucken, das schrecklich schmeckt. Ich weine jedes Mal, wenn ich einen Löffel voll nehmen soll. Meine Mutter verspricht mir ein Geschenk, wenn ich es aushalte.

Knochenarbeit und Kampfgeist.

Sie schenkt mir einen Puppenwagen aus Holz, der ist rot mit weißen Blumen auf dem Verdeck.

Ich lege mich in ihn hinein und weine so lange, bis sie sich schließlich gezwungen sieht, ihn auf den Dachboden zu bringen, um das Weinen zu stoppen.

Das mit dem Trösten ist eine schwierige Disziplin.

BAB-M 19.04.02

Keine Disposition in der Familie, auch nicht hinsichtlich Übergewicht. Vater und Mutter beide 1,75 groß.

Pat. in 40. Woche nach normaler Schwangerschaft geboren.
Die Entwicklung in der Kindheit normal und ohne Essprobleme. Pat. hatte keine somatischen Erkrankungen und nimmt momentan keine Medizin.
Anamnestisch höchstes Gewicht: 72 kg bei einer Größe von 164,5 cm im Alter von 19 Jahren und 0 Monaten.
Anamnestisch niedrigstes Gewicht: 32 kg bei oben genannter Größe im Alter von 20 Jahren und 0 Monaten.

Der Gewichtsverlust resultierte allein aus reduzierter Nahrungsaufnahme.

XXX, Assistenzarzt/am

Sie zieht die Gardinen zur Seite.

Wenn ich ganz still liege, ist es, als würden alle Laute verschwinden und alle Löcher sich füllen. Ich darf nicht darüber reden, über die Löcher, denn von denen und den Sternen wird man verrückt. Deshalb sage ich nichts. Oder auch nicht deshalb, sondern einfach so.

Sie macht Pausenbrote für uns, Brot für sich mit Belag, besonders Käse, meine Mutter liebt Käse. Diese Art, wie sie den Käse mit dem Käseschneider aushöhlt. Am Ende kann sie die trockenen Kanten abschneiden und diese mit einem Happs essen.

Ihr Daumen ist leicht nach hinten gebogen, ich frage, warum.

»Das ist genetisch bedingt«, antwortet meine Mutter, und ich denke, wären wir Tiere, hätte sie nicht überlebt.

Ich gebe schwache Laute von mir, pfeife in mich hinein, schnappe nach Luft aus meinem Atem.

Ich erzähle ihr davon, von diesem Pfeifen in mir, aber sie sagt: »Willst du dich nicht anziehen?« Oder sie sagt: »Nun hat dieser Morgen wohl lange genug gedauert.«

(Ich habe später versucht, ihr das zu sagen, meiner Mutter, all das, worüber wir nicht gesprochen haben, und nicht zuletzt all das, worüber wir gesprochen haben, das aber in Wirklichkeit von etwas anderem handelte. Der Nachbar K zum Beispiel, von dem mein Vater meinte, »er ist krank im Kopf«.

Ich, die fragte: »Ist K krank im Kopf?«

Meine Mutter, die antwortete: »Nein.«

Ich, die fragte: »Ja, aber dann lügt Vater?«

Meine Mutter, die antwortete: »Nein.«

Ich habe versucht, ihr das zu sagen, dass da etwas war, was nicht zusammenging, aber sie schweigt oder sie sagt: »Ruf doch den Kinderschutzbund an, kann ja sein, dass die sich deine Klagen anhören wollen.«

Und dann geht sie.)

Wenn meine Mutter schläft, stehe ich manchmal in der Tür und betrachte sie. Ihr Mund steht immer ein bisschen offen und die Mundwinkel sind feucht. Kein Speichel, nur der Anflug davon.

Sie hat so eine tiefe Furche zwischen den Augenbrauen, wie ein Krater.

Ich stelle mir vor, die Furche ist ein Vulkan und meine Mutter ist eine Insel. Was würde passieren, wenn die Furche zum Ausbruch kommt?

Würden Flammen aus ihren Augen züngeln? Würde ich unter ihrer Asche begraben werden?

Eines Nachts träume ich, dass ich ins Badezimmer gehe und dort sehe, wie mein Bruder vor meinem Vater kniet. Mein Vater mit dem Arsch nach oben, und mein Bruder frisst seine Scheiße. Er hat Scheiße um den Mund herum und auf beiden Wangen wie ein Kind, das mit Essen spielen durfte.

Ich frage ihn, was er da macht, ich rufe: »Du frisst doch wohl nicht Papas Scheiße?«

Mein Vater lacht, sagt: »Nein, das ist nur Spaghetti Bolognese«, während er an einem kleinen gelben Gummidinosaurier herumfummelt und meinem Bruder weiter aufs Gesicht scheißt.

Im Traum laufe ich zu meiner Mutter, die schläft. Ich wecke sie und schluchze. Ob sie denn nicht weiß, was mein Vater und mein Bruder gerade tun? Sie antwortet nicht, reibt sich nur die Augen.

Schließlich sagt sie: »Du weißt, wie Männer sind.«

Als wäre es okay, als wäre es einfach so, wie es ist.

Ich erzähle keinem von dem Traum.

»Harte Schale, weicher Kern«, lacht meine Mutter.
Ich weiß nicht, bin ich Schale, bin ich Kern?

Gespräch 09.05.02

Pat. erzählt, sie denke, dass sie mit ihrer Weigerung zu essen und dem Streben nach einem geringen Gewicht ihre Eltern bestraft. Erzählt, sie wünsche sich manchmal, einfach überfahren zu werden und im Gesicht operiert zu werden, um auf diese Weise eine andere Identität zu bekommen und damit den Erwartungen, dem Druck und der Metakommunikation der Eltern zu entgehen. Sie denkt, sie führt einen Machtkampf mit ihrem Vater, und dass die Mutter zwischen ihrem Mann und ihrer Tochter platziert ist und sich nicht traut, sich für eine Seite zu entscheiden, und dadurch falsch und unglaubwürdig wirkt.
Gefragt, ob sie sich wünsche, gesund zu sein, antwortet sie mit Ja, fügt aber hinzu: »Nach eigenen Prämissen.«

Pat. über Treffen mit Wohngemeinschaftsteam informiert.

XXX, Sozialberaterin/ma

Sie nimmt alle Schuld der Welt auf sich, meine Mutter, somit ist für mich nichts übrig, abgesehen von zwei Händen und einem Paar verwirrter Knie.

Auf einer Klassenfahrt müssen wir im Kreis stehen und singen: »Kopf, Schulter, Knie und Zeh« und jeweils darauf zeigen.

Ich komme damit nicht klar, ich zeige auf mein Knie, wenn die anderen auf ihren Kopf zeigen.

Mein Lehrer bittet mich zu bleiben, als wir fertig sind. Ich habe Angst, vielleicht will er mich ausschimpfen.

Aber er meint nur, ich sei motorisch überfordert.

Die Erleichterung.

Ist es einfach das, was ich bin?

Am Frauenkampftag erzählt sie mir von starken Frauen. Ritt Bjerregaard, »Sie stand immer zu ihren Überzeugungen.« Meine Mutter mag auch Jytte Hilden. Und Königin Margrethe, weil sie öffentlich im Fernsehen raucht und weil sie sie selbst ist und dann erst die Frau ihres Mannes. Sie schärft mir ein, dass es am wichtigsten ist, dass ich eine Ausbildung mache, damit ich nicht vom Einkommen eines Mannes abhängig bin.

Sie kümmert sich um den Haushalt und vieles mehr. Aber als mein Vater sagt, mein Bruder soll rausgeschmissen werden, weil er sich flegelhaft aufgeführt hat, steht sie auf, nimmt ein Stück bunte Schneiderkreide und zieht einen Strich durchs Haus.

»Mir gehört die Hälfte des Hauses, in der Hälfte wohnen meine Kinder und ich. Du kannst in der anderen Hälfte wohnen«, ruft sie.

Mein Vater brummelt so was wie dass man nicht mal was sagen darf, ohne dass es gleich Stress gibt.

Mein Bruder bleibt im Haus wohnen und die Zeit wischt den Strich weg.

Schon lange tut mir meine Mutter leid. All das mit meinem Vater und mir und meinem Bruder. All das, worum sie nicht gebeten hat, was aber einfach Teil des Pakets ist. Das Aufopfern zum Beispiel, wenn sie auf der Arbeit schuftet und dennoch auf dem Weg nach Hause einen Umweg von fünf Kilometern fährt, nur um eine Krone bei der Milch zu sparen. Oder der Eintopf, wenn sie das ganze Gemüse in genau gleich große Stücke schneidet und wir das hinterher gedankenlos essen, und dann all die Wäsche, die sie wäscht und hinterher bügelt. Sogar die Unterwäsche und Schlüpfer werden gebügelt. Ganze Abende steht sie am Bügelbrett, bis sie zu Bett geht, und das nur, um wenige Stunden später wieder aufzustehen und im Morgengrauen mit dem Fahrrad über die Autobahnbrücke zu fahren, vierzig Jahre am selben Arbeitsplatz.

Auf ihrem Abschiedsfest bekommt sie einen Strauß Blumen und Fahrradtaschen für lange, treue Dienste. Kaffee und Kranzkuchen.

Ich denke oft an die vielen langen Tage, die Stunden am Bügelbrett. Vielleicht war das nicht nur ein Opfer, sondern auch ein Geschenk für sie? Eine Gelegenheit für etwas Zeit für sich.

An meinem dreizehnten Geburtstag bekomme ich meine Tage.

Ich frage meine Mutter, ob sie eine Binde hat, sie zieht mich erschrocken zur Seite und zeigt nach oben auf einen der Schränke im Badezimmer. Es ist ein Oberschrank, und ich komme nicht bis hinauf, kann mich aber auch nicht dazu durchringen, um Hilfe zu bitten, also gehe ich fünf Tage lang mit schichtaufschichtaufschicht Toilettenpapier in meinem Schlüpfer herum. Das Blut durchnässt das dünne Papier und kleine dunkelrote, fast schwarze Klümpchen Papier sammeln sich zwischen meinen Schamlippen. Meine Scheide gleicht einem Schlachtfeld, und ich bin die ganze Zeit am Weinen.

Meine Mutter fragt kein einziges Mal, ob ich die Binden gefunden habe.

Mit neunzehn bleiben meine Monatsblutungen aus und ich höre auf zu essen, vielleicht ist die Reihenfolge auch umgekehrt.

3

Ich sammle Glaskugeln. Ich kaufe sie in kleinen bunten Netzen bei Fætter BR. Ich habe viele Kugeln, die einander ähneln, aber doch nicht ganz. Genau darum mag ich sie. Die Unterschiede erkennen. Sie in Haufen sortieren. Die, die gleich sind, und die, die verschieden sind.

Ich hole das Netz mit den Glaskugeln und zeige es meinem Vater. Ich nehme eine Handvoll Kugeln aus dem Netz und lege sie auf den Tisch.

»Schau!«, sage ich.

Mein Vater betrachtet die Kugeln. »Die sind schön«, sagt er, ich freue mich und reiche ihm eine Handvoll.

»Willst du sie berühren?«, frage ich.

Mein Vater nimmt die Kugeln und schließt seine Hand um sie.

»Happs«, lacht er. Ich lache auch.

»Hokuspokus«, sagt er dann und versteckt die Hand hinter seinem Rücken. »Jetzt hast du nicht mehr ganz so viele.«

Ich laufe hinter seinen Rücken, aber er zieht die Hand sofort vor die Brust: »Hokuspokus«, wiederholt er. Er macht immer so weiter. Jedes

Mal, wenn ich nach vorn laufe, verschwindet seine Hand hinterm Rücken. Und wenn ich hinter seinen Rücken laufe, zieht er die Hand zurück vor die Brust. »Hokuspokus.«

Schließlich habe ich keine Lust mehr, ich will nur meine Kugeln.

»Gib mir meine Kugeln«, sage ich und strecke die Hände aus.

»Hokuspokus pokushokus«, lacht mein Vater und versteckt die Glaskugeln hinterm Rücken.

»Gib sie mir, bitte.«

»Ja, aber du hast mir die Kugeln doch gegeben, jetzt sind es meine«, lacht er.

»Ich habe sie dir GELIEHEN«, weine ich.

»Wer A sagt, muss auch B sagen, sonst ist man nicht alt genug zum Spielen«, antwortet er.

Ich weine, sage, dass das nicht lustig ist, dass ich meine Kugeln wiederhaben will.

»Heulst du? Dann bist du viel zu klein zum Spielen«, zischelt mein Vater und reicht mir die Kugeln.

Viel später sprechen wir über die Zukunft. Ich erzähle meinem Vater, dass ich mir überlegt habe, mich in einen Straßengraben zu legen und meine Träume per Anhalter fahren zu lassen. Ich sage auch, dass ich hoffe, dass sie mitgenommen werden, die Träume, von einem wildfremden Autofahrer. Sage, dass ich es schön fände zu erleben, wenn meine Träume mitgenommen und auf diese Weise weggefahren würden.

Mein Vater sieht mich an, er sagt, dass er besorgt ist.

Gespräch 13.05.02

Gewicht: 40,2 kg

Pat. hat es immer noch schwer, fühlt sich sehr deprimiert. Fühlt eine große Hoffnungslosigkeit.

Wir sprechen über das zugrunde liegende Gefühl von Trauer und Zorn, das Pat. ganz klar benennen kann. Der Zorn ist sehr beim Vater lokalisiert, der ihr mit Ironie begegnete, wenn sie als kleines Kind wütend oder traurig war.

Ihr Verhältnis zum Vater schwankt zwischen Spott und Bewunderung. Sie fühlt, dass sie ihn nur »schlagen« kann, indem sie sich weigert zu essen. Wir reden darüber, dass sie ihre Wut auf den Vater auf diese Weise ja an sich selbst auslässt.

Pat. sagt, sie wisse nicht, wie sie dieses unangemessene Verhalten ändern soll. Ich beende das Gespräch mit den Worten, dass diese Behandlung darauf abzielt, alternative Handlungsweisen zur Anorexie zu finden.

Nächstes Gespräch am 20.05., 14.30 Uhr

XXX, 1. Assistenzarzt/ab

Nachdem ich ausgezogen bin, schreibe ich einen Brief. Ich habe irgendwo gelesen, dass Vergebung ein Geschenk ist, also schreibe ich und vergebe ihm. Es wird ein langer Brief, viele Wörter, die Liebe hat mehr als sechsundzwanzig Buchstaben.

Er schweigt lange, und mir kommen Zweifel, ob er den Brief bekommen hat. Wir telefonieren mehrmals, ohne dass einer von uns den Brief erwähnt.

Einen knappen Monat später bekomme ich eine Antwort. Er hat seinen Arbeitsstempel als Absender benutzt. Titel und Name.

Er schreibt, dass er nicht ganz versteht, was ich mit meinem Brief beabsichtige, dass er nichts gemacht hat, was irgendwie Vergebung erfordern würde.

»Aber ich vergebe dir, dass du auf diese Weise alles auf den Kopf stellst. LG Papa.«

»An Papa.

Die Liebe ist nicht so einfach. Wenn doch, würde ich dich ganz bestimmt nicht lieben.

LG«

Ich schicke den Brief nicht ab. Das, was nur einen selbst betrifft, kann man nicht teilen.

Beispiel: Wenn ich meine Lunge punktiere, um zu verstehen, wie Kiemen funktionieren, dann sterbe ich. Genauso ist es mit meinem Vater. Wenn er an meiner Stelle wäre, würde er vor Hunger sterben.

Das ist keine Anklage, keine Entschuldigung.

Das ist eine Feststellung.

Mein Vater zieht meine Mutter auf, weil sie gern in die Kirche geht. Er nennt Jesus einen Hochstapler und setzt sich eine Zipfelmütze auf, um die Pointe zu unterstreichen.

Sie widerspricht ihm nicht, sie verschwindet einfach jeden Sonntagvormittag und kommt ein paar Stunden später mit einem nachsichtigen Lächeln zurück.

»Wütend ist man nicht, man fühlt sich so«, sagt mein Vater.

»In tausend Jahren, wenn wir aus einem Abfallhaufen herausgegraben werden, dann findet man da keine Wut, sondern Haut, Haare und Knochen«, erklärt er.

Mit der Zeit lerne ich, mir so fest auf die Zunge zu beißen, dass es blutet. Mein Zahnarzt bemerkt die vielen Wunden. »Sieh zu, dass du besser aufpasst«, sagt er und werkelt weiter in meinem Mund.

Ich werde verdammt noch mal nicht aufpassen, ich bin mehr als Haut und Haar.

Gespräch 27.05.02

Der psychische Zustand ist geprägt von raschem Stimmungswechsel. Pat. ist ambitiös, sehr begabt und kann mit ihrer gut entwickelten verbalen Sprache authentische Gefühle überdecken und Handlung verhindern.

XXX
Sozialberaterin/llo

»Das Wichtigste ist nicht, was du einpackst, sondern was du auspackst«, sagt mein Vater.

Dann ruft er an und fragt, wie es mir geht. Ich sage, dass ich traurig bin. Er sagt: »Dann sieh mal zu, dass du wieder fröhlich wirst.«

In einem Sommer fahren wir mit einem ausgedienten Volvo nach Paris. Mein Vater, mein Bruder und ich. Wir müssen jede Stunde anhalten, um Kühlwasser nachzufüllen. Wir halten an einem Maisfeld, ich gehe hinein und verschwinde zwischen den mannshohen Pflanzen. Ich laufe zwischen den Maisstauden herum, es fühlt sich an wie eine Ewigkeit, schließlich bekomme ich es mit der Angst zu tun, hocke mich hin und bete, dass mein Vater mich findet.

Nach einigen Stunden stoße ich endlich auf das Auto.

»Na, dann sehen wir mal zu, dass wir weiterkommen«, sagt mein Vater, und wir setzen uns ins Auto und fahren weiter.

Der Bruder meines Vaters wurde mit Sklerose geboren. Das wird erst entdeckt, als er acht Jahre alt ist. Aber die Krankheit entwickelt sich so langsam, dass er lernt, damit zu leben, dass er nicht damit leben kann. Er schafft es, China und Tansania zu besuchen, als er noch gehen kann. Schließlich endet er im Rollstuhl und erlebt die Wirklichkeit nur mittels des National Geographic Channel in einer betreuten Wohnanlage, genau dort, wo die Kongeå Jütland teilt.

Er ist ein lieber Mensch, aber die Krankheit tut das Ihre. Er hat oft Probleme, die richtigen Worte zu finden, und wenn er sie endlich findet, ist es in der Regel zu spät, und das Gespräch dreht sich bereits um etwas anderes.

Ich frage ihn, ob er mal eine Geliebte hatte. »Nicht so richtig«, antwortet er, und ich verstehe nicht, wie man eine Geliebte hat, ohne sie richtig zu haben. Vielleicht ist es genau so, wie China und Tansania auf dem National Geographic Channel zu sehen, wenn man nicht mehr reisen kann, also als wäre man dort, und letztlich doch nicht.

Er endet im selben Pflegeheim wie meine Oma.

Zu guter Letzt kann er nicht mehr fernsehen, die Augenmuskeln wollen nicht gehorchen, sie flackern fahrig hin und her, als würde er versuchen, etwas festzuhalten, was fortwährend entweicht.

Er kommt bei einem Unfall ums Leben, als er fünfzig ist. Die vom Pflegeheim meinen, er habe versucht, sich eine Zigarette anzustecken, dabei sei ihm das Streichholz in den Schoß gefallen und von da hätte das Feuer um sich gegriffen. Es ist traurig, alle sind sich einig, dass es so tragisch ist, wie es nur sein kann.

Als ich meinen Vater frage, ob mein Onkel geraucht hat, zögert er, antwortet dann aber: »Nein.«

4

In der Stadt, in der meine Oma wohnt, bekommt man beim Bäcker Brunsviger mit Schlagsahne und Gummibärchen, auch wenn niemand Geburtstag hat. Der Hund meiner Oma heißt Ib, der ist kurzbeinig und bissig und bellt jedes Mal, wenn ein Auto vorbeifährt. Meine Oma sagt, dass diese Wesen besonderer Fürsorge bedürfen. Die Kleinen, die Mürrischen. Ich versuche zu bellen, aber lerne stattdessen, mein Gesicht im Busen meiner Oma zu begraben, jedes Mal, wenn Ib, der Dackel, knurrt.

Das ist fast so gut wie Brunsviger.

Als ich sieben bin, verbringe ich die Ferien alleine bei meiner Oma. Meine Mutter meint, dass ich Glück habe, so allein Ferien zu machen.

Ich bekomme Schwedenmilch zum Frühstück, zusammen mit Omas selbst gebackenem Schwarzbrot, gerieben auf einer Reibe, dazu Puderzucker, das schmeckt toll. An einem Morgen esse ich so viel, dass ich mich auf die geklöppelte Tischdecke übergeben muss, die meine Oma gemacht hat. Ein großer gelber Fleck auf dem handgearbeiteten Tischtuch.

»Was für eine Schweinerei«, schimpft meine Oma und zieht mich vom Stuhl runter.

Ich schließe mich in der kleinen Toilette neben der Küche ein, dort sitze ich stundenlang und schäme mich, dass ich die Schwarzbrotstreusel meiner Oma erbrochen und das Tischtuch versaut habe, für das sie so viele Stunden arbeiten musste.

»Aber ich habe das Glück, allein Ferien zu machen«, flüstere ich leise.

Nachts schlafe ich im selben Bett wie meine Oma, denn ich traue mich nicht, allein zu sein. Eines Nachts bekommt meine Oma Durchfall und scheißt in das Bett, in dem wir liegen. Es stinkt fürchterlich und sie flüstert immer wieder »entschuldige«, während sie Bettbezug und Laken wechselt.

Da ist ein riesengroßer brauner Fleck auf dem Laken. »Was für eine Schweinerei«, sagt Oma.

Ich habe eine Halsentzündung und Fieber, ganz schön heftig – über vierzig. Ich liege auf dem blauen Sofa ganz hinten in der Stube. Vorne sitzen die Bridgefreundinnen meiner Oma bei Lammbraten und Ofenkartoffeln, sie reden viel. Ein Bekannter hat eine Firma gegründet, irgendwas mit Verkauf von Timeshare-Wohnungen, offenbar ziemlich clever. Irgendeine Cousine muss zum neunten Mal zur Dialyse, das sieht nicht gut aus, sagen sie. »Denn mit jedem Mal sinkt ja die Chance auf Besserung.«

Eine der Damen erzählt von ihrem Neffen, der an Lymphdrüsenkrebs erkrankt war.

»Das ging Gott sei Dank schnell«, sagt sie.

Ich liege auf dem blauen Sofa und habe große Angst, dass sie vielleicht über mich reden könnten, dass sie Dinge sagen könnten wie: »So ein kleiner Körper und so hohes Fieber – da kann man nur hoffen.« Auch wenn ich sehr hohes Fieber habe und die Stimme wegen der Entzündung belegt ist, richte ich mich auf dem blauen Sofa auf, mit Bettdecke, zerzaustem Haar, und schreie: »Ihr sollt nicht über mich reden!«

Es wird ganz still, alle legen das Besteck hin. Meine Oma steht auf und holt ein Mineralwasser. Es tut gut, als es durch meinen Hals perlt.

»So«, flüstert sie, »man darf nicht lauschen, wenn die Erwachsenen reden.«

Patientengespräch 26.06.02

Pat. sieht viele Ursachen, warum sie nicht genug isst. Sie meint, dass sie als Person verschwindet, und hat insgesamt das Gefühl, kein inneres Ich zu haben, an dem sie sich ohne den Rahmen der Anorexie festhalten kann. Ich glaube, dass es unendlich viele Ursachen dafür gibt, dass Pat. nicht hinreichend isst, aber eigentlich ist die Frage nach diesen Ursachen ziemlich unerheblich, denn alle intellektuellen und philosophischen Überlegungen in all den Jahren haben Pat. ja nicht weitergebracht. Daher meine ich, dass sie essen MUSS, und schlage ihr vor, dass sie umgehend damit beginnt.

XXX, Sozialberaterin/llo

Oma macht immer Essen und ich versuche zu erraten, was. Besonders den Geruch von Sauerteig kennt meine Nase, so ein endloser und rauer Geruch, der sich ändert, wenn der Teig in den Ofen kommt – von aggressiv zu süß und sinnlich.

Danach zerbröselt Oma Haferflocken, reibt Mandeln und röstet das Ganze mit Zucker in der Pfanne zu Kaltschalenstreusel, und ich darf abschmecken. Mmh.

Oma schöpft Kaltschale in den Teller. »Mehr«, rufe ich freudig, und Oma gibt mir mehr. »Mehr«, lache ich, und sie schöpft noch mehr in den Teller und sagt: »Jetzt versprichst du mir aber, dass du das aufisst.«

Ich lasse etwas übrig, und Oma wird wütend: »Dann musst du den Rest an die Armen in Afrika schicken, die haben nicht so viel, dass sie sich erlauben könnten, etwas übrig zu lassen«, sagt sie.

Der Umschlag wird nass von der Kaltschale, und der Kugelschreiber läuft aus, als ich »AN DIE ARMEN, AFRIKA« draufschreibe. Oma klebt eine Briefmarke drauf, auch wenn sie sagt, dass ich es verdient hätte, das Porto selbst zu bezahlen.

Es macht einen klatschenden Laut, als ich den Brief in den Briefkasten werfe.

Meine Oma heißt Ketty. Frau Meiereidirektorin. Zweimal hat sie einen südjütländischen Preis für ihre Klöppelarbeiten gewonnen. Sie ist eine richtige Dame und hat den weichsten Busen der Welt, vielleicht weil sie immer ein Taschentuch in ihrem BH hat, das sie bei allen möglichen Gelegenheiten hervorzieht. Dann schnäuzt sie laut die Nase, faltet den Lappen und legt ihn zurück ins »Regal«. Meine Oma liebt Tennis und Poul Schlüter, aber am meisten liebt sie ihren Dackel Ib. Sie hat Bambusvorhänge an ihrer Terrassentür. Wenn die Sonne scheint, fallen die Strahlen zwischen den Bambusrohren ins Haus und bilden die schönsten Muster auf dem Teppich. Ich kann stundenlang auf dem Teppich liegen und mich von den Strahlen wärmen lassen, also wenn Ib nicht vor mir da ist, denn ihn darf man nicht vertreiben, er steht unter Denkmalschutz. Bei meiner Oma bekommt man um zwölf warmes Essen. Hauptgericht und – nicht Dessert, sondern – Nachtisch und Abendbrot um halb sechs. Sie hat immer das Radio an, es sei denn, sie setzt sich ans Klavier und spielt die »Hymn to Freedom«, die einzige Melodie, die sie kann.

An ihrem Geburtstag benutzt sie ein besonderes Taschentuch aus japanischer Seide mit dem Monogramm KD in Goldschrift.

Dann zieht sie es aus ihrem BH und putzt ihre Geburtstagsnase.

Der Busen ist weich, so wie immer.

Meine andere Oma ist ganz anders, genauso weich, aber sie spielt lieber Kniffel als Klavier. Sie hat langes nussbraunes Haar, das sie zum Haarkranz flicht. Sie nennt mich Putputhühnerschiss und füttert alle streunenden Katzen im Umkreis von zwanzig Kilometern.

»Miez, miez, miez«, flüstert sie laut, und dann kommen sie von allen Seiten.

Morgens versucht sie, mit ihrem Pscht! die Vögel zum Schweigen zu bringen, damit sie meinen Opa nicht wecken. Das ist harte Arbeit. Sie steht mit der Sonne auf und immer wieder mal überkommt sie die Schwermut.

Später nimmt auch das Herz Schaden, wohl irgendwas mit dem Rückstrom des Blutes in die falsche Richtung.

»Sie ist immer ihre eigenen Wege gegangen«, sagt mein Opa, und dann sprechen wir nicht mehr darüber.

Sie wird fünfmal operiert, aber es hilft nichts. Die Vögel wachen auf wie immer, auch nach ihrem Tod.

Aber Opa fängt nun an, früh aufzustehen, einfach so. Er sagt, er tue es, um die Vögel zu trösten.

Mein Opa hat Hühner. Er füttert sie mit Schalen ihrer Eier: »Davon bekommen sie so ein glänzendes Federkleid.« Meine Sommer finden in einer Zinkwanne auf dem Hofplatz statt, so lange, bis das Wasser zu Eis gefriert. Im Winter sind wir im Haus, spielen Kniffel und würfeln um alles Mögliche, während die Sahne im Schrank gerinnt und das Brot für die Vögel aufgebraucht ist.

Ich schlafe unter der Blutbuche, es ist August. Es ist etwa die Zeit, in der ich merke, dass Menschen unterschiedlich sind und dass Mücken ganz leicht den Weg zu meinem Blut finden. Meine Brüste hängen wie unmögliche Satelliten an meinem Körper, ich habe auch nichts Besonderes auf dem Herzen, vielleicht deshalb?

Mein Opa sagt, dass ich Würfelzucker auf meine Mückenstiche legen soll, dann würden sie nicht mehr jucken. Ich tue, was er sagt, aber ohne Erfolg. Ich versuche es auch auf den Brüsten, aber auch hier macht es keinen Unterschied.

Als ich nach Kopenhagen ziehe und aufhöre zu essen, rufe ich meinen Opa an. Ich weine, er sagt:

»Das muss an denen dort drüben liegen. Komm nach Hause.«

Ich tue, was er sagt, ziehe zurück nach Jütland. Aber es vergeht nur ein Monat, da ist mein Opa tot.

In den letzten Jahren seines Lebens, da hat mein Opa nur ein Bein. Nicht, dass es einen Unterschied machen würde. »Was man nicht in den Beinen hat, muss man im Kopf haben«, lacht er und reibt sich seinen kahlen Schädel.

Er ist Zimmerermeister, liebt seinen Beruf und behandelt Holz mit derselben Sorgfalt wie ein Vogel seine Federn. Alle Bretter werden sorgsam gehobelt und geschliffen.

Am Ende ist er zu geschwächt und gibt die Arbeit auf. Aber er kann nicht still sitzen und beginnt stattdessen, mit Eisen zu arbeiten, kleine, halb abstrakte Figuren, zusammengeschweißt aus altem Schrott. Die Figuren stellt er überall auf dem großen Grundstück auf, und wenn man es am allerwenigsten erwartet, begegnet man einem großäugigen Elf zwischen den Brombeerbüschen. »Hei! Hei!«

Auf der zugewachsenen Terrasse hinter der Sägemühle steht eine einbeinige Möwe.

»Was man nicht im Kopf hat, muss man in den Flügeln haben«, hat mein Opa ins Metall geritzt.

Als er fünfundneunzig ist, kommt er ins Pflegeheim und hört zur selben Zeit auf zu essen.

Er hat keine Lust auf »das mit dem Sterben«, hört einfach auf zu atmen, es ist kein Protest. Als er stirbt, legen sie ihn auf den Rücken und decken ihn mit einem Laken zu. Nur die Nase ist zu sehen.

Ich singe »Stilles Herz, die Sonne geht unter«, während mein eigenes wie verrückt hämmert, und das Ganze wirkt genauso absurd wie es ist.

Ich halte die Hand meines Opas, während ich ihm vorsinge und auch hinterher, aber da ist keiner mehr, der am anderen Ende festhält.

Eines Tages beginnt meine Oma Ketty von »denen« zu erzählen, wie die Sachen aus ihrer Wohnung verschwinden lassen, wie die jedes Mal etwas mehr mitnehmen als beim letzten Mal. Ich frage sie, von wem sie redet, wer »die« sind, und jedes Mal antwortet sie: »Die.«

Ich versuche, sie zur Vernunft zu bringen, sage ihr, dass da niemand ist und dass nichts verschwunden ist. Aber sie antwortet mir nicht, wohl weil sie denkt, dass ich ihr doch nicht zuhöre.

Mit der Zeit wird es schlimmer. Sie redet immer mehr von »denen« und immer weniger von »dem«, was verschwindet. Schließlich sagt sie überhaupt nichts mehr, wenn ich sie besuche, sie sitzt lediglich da mit diesen Augen, die all das sehen, was verschwindet.

Erst als sie tot ist, verstehe ich, wer die sind und was die mitgenommen haben.

Vorgespräch betr. Start in der Anorexie-Erwachsenengruppe

Pat. hat in den letzten Wochen einiges an Gewicht verloren, aber das Gewicht ist jetzt stabil. Pat. sagt, dass ihr bewusst ist, dass ihr größtes Problem ihre intellektualisierende Abwehr ist, die dazu führt, dass es ihr Schwierigkeiten bereitet, zu den tiefer liegenden Gefühlen vorzudringen.

Pat. bringt im Gespräch zum Ausdruck, dass sie sich dieser Problematik völlig bewusst ist und dass sie sich von Gefühlen mittels Intellektualisierung distanziert. Dieses Muster quält sie sehr und sie hofft, dass Gruppentherapie ihr helfen wird, das zu durchbrechen.

Die Frage betreffend, die Therapie beim Unterzeichnenden zu beenden und stattdessen ein gruppentherapeutisches Angebot anzunehmen, erklärt sie wieder, dass sie nicht imstande ist, zu den Gefühlen vorzudringen, die sie eigentlich erreichen müsste. Sie sagt, sie »ist völlig leer«, wenn sie daran denkt.

Sie fragt, wie viele Teilnehmer in der Gruppe sind,

hat ansonsten aber keine Fragen.

XXX, 1. Assistenzarzt/llo

Nachdem meine Oma Ketty tot ist, fange ich an, über Insekten zu lesen.

Ich lese über Kellerasseln, die einzigen an Land lebenden Kiementiere, die es gibt.

Ich denke: Diese Einsamkeit, die daher rührt, das einzige Tier dieser Art zu sein.

Es ist gut, dass ich die Insekten habe, jetzt, wo meine Oma nicht mehr da ist. Sie sind eine Art ferne Verwandte, zerbrechlich, aber überlebensfähig.

Etwa zur gleichen Zeit beginnt es, dass ich Angst vor mir selbst habe. Ich sitze auf der Terrasse des Sommerhauses und denke: Kann ich jemandem, etwas, mir selbst ein Leid antun?

Am nächsten Morgen liegt ein toter Nachtfalter auf dem Fensterbrett. Ich öffne schnell das Fenster und schmeiße das Tier hinaus. Hinterher ist nichts mehr davon zu sehen.

Danach flechte ich mein Haar so stramm, dass Ohren und Kiefer schmerzen.

5

Ich rufe in der Abteilung an, in der ich in Behandlung war, um Einsicht in meine Patientenakte zu bekommen. Es ist dieselbe Sekretärin wie damals, die den Hörer abnimmt, sie heißt Marianne. Marianne sagt: »Hei, du!«, als wäre ich erst gestern dort gewesen.

Ich sage »Hei!« und frage, ob sie mir eine Kopie der Akte schicken kann.

»Ja, weil ich dabei bin, über einen Menschen zu schreiben, und ich möchte wirklich gern ein paar Fakten über diesen Menschen haben.«

Und Marianne, die in Wirklichkeit anders heißt, lacht herzlich und antwortet:

»Aber WEISST du, wie dick deine Akte ist? Die können wir nicht einfach so kopieren und mit der Post schicken, das würde ja unser Budget sprengen, schon wegen der Portokosten.«

Als ich das erste Mal eingeliefert werde, ist es mit Sirene und Blaulicht; ein akuter Notfall ins Krankenhaus in Frederiksberg. Ich bin sehr abgemagert, bekomme sofort eine Sonde gelegt und werde Tag und Nacht von jungen Medizinstudenten überwacht, die sich fürs tägliche Brot etwas dazuverdienen, während ich auf mein Essen verzichte.

Einer der Aufpasser ist Ausländer, er kommt aus China und ist überzeugt davon, dass meine Krankheit auf die Unausgeglichenheit in meinen Meridianen zurückzuführen ist. Er drückt stundenlang meine Fußsohlen und Handflächen, um das Gleichgewicht wiederherzustellen. »Yin und Yang«, sagt er und lächelt. Wir verstehen beide nicht viel von dem, was wir uns sagen, vielleicht sind wir gerade deshalb so ein gutes Gespann. Er betrachtet mich auch nicht als »Anorektikerin«, sondern meinen Körper als von Anorexie angegriffen. Dazwischen liegen Welten – buchstäblich.

Nach ein paar Wochen Aufenthalt bekomme ich ein Päckchen mit der Post, es ist von meinem Bruder. Das Päckchen enthält einen großen Joint in einer Zigarrenkiste. »Entspann dich«, hat mein

Bruder auf einen kleinen Zettel geschrieben. Das ist Ausdruck aufrichtiger Liebe. Er selbst hat nach dem Kiffen immer ordentlich Hunger und denkt wohl, dass es mir genauso gehen wird. Dass ich mich aufs Essen stürze, wieder mein Kampfgewicht erreiche.

Der chinesische Aufpasser weiß nicht, wie er sich verhalten soll, als er sieht, was in dem Päckchen ist. Er lacht nur verhalten. »Yin und Yang?« Ich schlage ihm vor, dass er mein Pot rauchen kann, wenn ich im Gegenzug nicht essen muss. Er verspricht, niemandem etwas zu sagen, weder vom Joint noch von meinem Vorschlag, so ist er, und ich weiß, dass er Wort hält.

Ich nutze meinen Fünfundvierzig-Minuten-Ausgang dafür, und wir setzen uns im Park des Krankenhauses auf eine Bank unter einem Baum. Der Chinese raucht und ich überspringe die Dreizehn-Uhr-Fütterung. Eine Hand wäscht die andere, Yin für Yang.

Eines Tages kommt er plötzlich nicht mehr, ich weiß nicht warum. Sein Nachfolger heißt Frank und kommt aus Südseeland. Ihn interessieren Ausgeglichenheit und Loyalität nicht so sehr.

Somatische Einschätzung 22.07.02

Gewicht 36,9 kg

Größe gem. Akte 164,5 cm

BMI 13,6

Pat. schüttelt den Kopf über unsere Besorgnis hinsichtlich des Gewichtverlusts. Pat. findet, dass ihr Körper zäh ist, dass er noch nicht aufgegeben hat. Pat. sagt, wenn der Körper das bewältigen kann, dann kann er alles bewältigen.

Objektiv:

Geprägt von chronischer Anorexie, nicht akut mitgenommen.

Keine Lippenzyanose oder Dyspnoe.

RR 109/78 Puls 42, regelmäßig.

Herz: Regelmäßige Aktion, keine Misslaute

Lunge: Vesikuläre Respiration überall.

Spannt leicht bei Berührung, aber ansonsten nichts Abnormes.

Wir vereinbaren neue Einschätzung

Mittwoch, den 30.07., 12.30 Uhr

XXX, Stationsarzt/sr

Im Krankenhaus schenkt mir ein Patient einen Schal.

Benny heißt er. Er hat eine Nervenentzündung und wartet darauf, an Aids zu sterben. In der Zwischenzeit strickt er für mich einen Schal, ich bin dünn wie eine Bohnenstange und friere immerzu – deshalb. Der Schal ist viel zu groß, er bedeckt nicht nur meinen Hals, sondern auch mein halbes Gesicht. Es ist so eine nette Geste von ihm, finde ich, ein bisschen so, als würde man mir einen Zipfel von der Ewigkeit schenken – rot, mit Lochmuster und aus Mohair.

Dass die Ewigkeit so konkret sein kann.

Benny stirbt einen Monat später. Ich bekomme keinen Ausgang für seine Beerdigung, also bestelle ich telefonisch ein Gesteck. Der Blumenhändler missversteht mich offenbar, jedenfalls werden die Blumen in mein Zimmer geliefert. Ich bin mir sicher, dass Benny laut gelacht hätte, aber ich weine stundenlang.

Ich weiß nicht, was aus dem Schal geworden ist.

Ich liege in meinem Zimmer in Kopenhagen. Ich bin mager und habe hohes Fieber und rede wirres Zeug.

Ich murmle, dass meine Luftröhre zu eng ist, dass mein Atem zu dick ist. Ich sage, dass ich Angst vor den Wänden habe, dass sie vielleicht zusammenbrechen, dass dann nichts mehr ist, was den Raum zusammenhält.

Meine Mutter kommt aus Jütland angereist, um sich um mich zu kümmern. Sie schüttelt mein Oberbett aus, deckt mich damit zu, ihre Augen flackern.

»Du darfst mir nicht wegsterben«, flüstert sie.

»Du bestimmst nicht über mein Leben!«, rufe ich.

Ich weiß nicht, woher meine Stimme kommt, aber ich kann sehen, dass meine Mutter zusammensinkt wie ein Docht, der in Stearin ertrinkt.

»Okay«, antwortet sie und nimmt den Zug zurück nach Jütland, einfach so.

Ich lese André Brink, von einer Frau, die dabei ist, in einer Wüste vor Hunger zu sterben, und von einem Mann, der sie deswegen liebt.

Eine behutsame Form von Gewalt.

Ich sitze in meiner Einzimmerwohnung und kaue zuckerfreies Kaugummi, weil ich gelesen habe, dass man mehr Kalorien durchs Kauen verbraucht, als das Kaugummi enthält.

Das Fernsehen zeigt Bilder von einem Terrorangriff, es ist der 11. September. Ich sehe die Bilder und höre, wie der Sprecher den Ernst der Lage unterstreicht. Ein möglicher Dritter Weltkrieg.

Ich höre es, aber das Einzige, woran ich denken kann, ist, ob ich den Mut habe, einen Schokokuss zu essen, bevor die Welt untergeht.

Irgendwann wird unmissverständlich klar, wie ernst es um mich steht. Blutproben zeigen, dass meine Leberwerte schlecht sind. Ich werde erneut eingeliefert, akut, jetzt ist da plötzlich etwas, das sie verstehen können.

Mein Vater macht sich auf den Weg von Jütland, es ist das erste Mal, dass er mich besucht. Ich liege im Frederiksberger Krankenhaus, einem alten Gebäude mit den schönsten Gartenanlagen, umgeben von einer Mauer.

Er kommt am späten Vormittag. Er sagt: »Was ist denn nun los mit dir?«, und ich weiß nicht, was ich antworten soll. Er zieht einen Stuhl ans Bett, holt eine Zeitung aus seiner Tasche und blättert darin. Bis zu einem Artikel über Zeit, glaube ich, von Johannes Møllehave. Ich starre fortwährend auf die Zeitung, hoffe, dass sie verkehrt herum gehalten wird, denn wenn das so ist, dann weiß ich, dass mein Vater nicht liest, sondern nur so tut als ob.

Aber die Zeitung wird umgeblättert, so wie es sein muss, und er schafft alle Artikel, bevor seine Uhr piept und es Zeit ist, zu gehen.

Er hat eine Platzkarte für die Rückfahrt: 14.58.

Ich schlage mit dem Kopf gegen die Wand, und die Wand schlägt zurück und so weiter, Kopf, Wand, Kopf, Wand. Nichts geht kaputt, im Gegenteil, das Ganze wächst und wächst. Die Wand, der Kopf, der Schmerz.

Ich beginne mit einer Therapie und lerne, dass ich mich selbst ernst nehmen soll, aber niemand lehrt mich, was ich mit all dem Ernst oder mit der Wand anstellen soll, die mir über den Kopf wächst.

Mein Bruder schickt mir zwei Bücher. Eines über Giraffensprache und eines über gewaltfreie Kommunikation. Ich lese sie und zerreiße sie, die Bücher, Seite für Seite.

Danach geht es mir etwas besser.

Gespräch, ambulant 20.08.02

Das Gewicht Status quo.

Pat. fleht und weint, meint, dass sie es mithilfe nur einer psychotherapeutischen Sitzung pro Woche nicht schafft.
Des Weiteren sagt sie, dass sie manchmal nachmittags ins Solarium geht statt nach Hause, um die Zeit verstreichen zu lassen. Im Solarium, so beschreibt sie es, kann sie die Wärme bekommen, die sie sich sonst nicht gönnt, zudem ist sie dort frei von den eigenen Anforderungen und denen der Eltern.
Ich werfe ein, dass ja auch in der Therapie Anforderungen an sie gestellt werden und dass sie bei einer Einlieferung andauernd mit Forderungen konfrontiert wird. Pat. scheint das zu akzeptieren und zu verstehen. Ich biete Pat. ein zusätzliches Gespräch am Mittwoch, dem 25.08. um 11 Uhr an.
Pat. sagt jedoch, dass sie das wohl schlecht schaffen kann und dass sie im Übrigen das heutige Gespräch abbrechen muss, weil sie einen Bus erreichen muss.

Ich begreife das als eine Art Lebewohl.

XXX, 1. Assistenzarzt/ma

Mir fällt dies ein, weil ich gerade in der Patientenakte lese.

Es ist die Zeit gleich nach dem 11. September, die Türme sind eingestürzt und alle reden vom Dritten Weltkrieg. Mir geht es hundsmiserabel und ich denke, wenn die Welt untergeht, möchte ich mein letztes Abendmahl bekommen. Ich laufe zu Aldi und kaufe Speckkrusten, Würstchen, Pommes frites und Mayonnaise. Kaum bin ich zu Hause, schmeiße ich das Ganze in den Abfallschacht, bis auf zwei Speckkrusten. Ich esse sie und die Welt ändert sich nicht.

Ich hungere weiter, es wird kälter, es ist eines dieser Jahre, wo der Schnee lange liegen bleibt. Schließlich mag ich nicht mehr, so geht es mir, ich mag nicht mehr. Es ist nicht Kummer oder Wut oder Schmerz, es ist Müdigkeit. Ich mag einfach nicht noch mehr Tage mit zwanzig Kilometer laufen, sechzig Bahnen schwimmen, zwanzig Liegestütze pro Stunde und einer Nahrung verbringen, die aus Fischklößchen aus der Dose und Trinkbouillon besteht. Ich wage es nicht, mich aufzuhängen, habe andererseits nur Zugang zu Vitaminpillen und Kalziumpräparaten. Da fällt mir ein, dass eine Krankenschwester mir einmal erzählt hat, dass Untergewichtige nicht ins Solarium gehen dürfen, das sei das reinste Gift, irgendwas mit der pergamentdünnen Haut, glaube ich, vielleicht auch was mit dem Flüssigkeitsgleichgewicht, ich bin mir nicht sicher, die Krankenschwester war sich wohl auch nicht sicher.

Wie auch immer, es endet damit, dass ich vierzigmal zwanzig Kronen in einem Solarium verbrauche. Ich lege mich unter die UV-Röhren, vielleicht in der Hoffnung, dass die künstliche Wärmelampe mich dehydrieren wird, vielleicht auch nur, um irgendwas zu tun. Dreihundertsechzig Minuten, sechs volle Stunden. Es gelingt mir, liegen zu bleiben, ich sterbe nicht, nicht einmal annäherungsweise, bin nur verbrannt und kratze mich monatelang. Laut Patientenakte fragt ein Arzt, wie ich doch nur »so etwas Dummes« machen konnte. Ich antworte ihm: »Weil ich sterben will. Weil ich dumm genug bin, so etwas zu machen.«

Ich werde für ein paar Tage zur Beobachtung eingeliefert.

Einer der Pfleger bekommt die ganze Geschichte mit Aldi, Würstchen, Müdigkeit von mir zu hören. Er ist einfach nett. Er kommt mit einem kleinen Gettoblaster, spielt Suzi Quatro und »Say Say Say« von McCartney und Michael Jackson.

Am Tag meiner Entlassung hat er ein Geschenk für mich. Eine Tüte voller Speckkrusten.

Es wird Weihnachten und ich fahre nach Hause zu meinen Eltern. Ich habe genau geplant, wie ich mit Spaziergängen und Laufrunden das Weihnachtsessen kompensieren kann. Rotkohl muss mit dreieinhalb Kilometer gehen bezahlt werden, ein Stück Putenbrust erfordert sechs Kilometer. Braune Kartoffeln und Ris à l'amande sind völlig ausgeschlossen. Das würde mehr als fünfzehn Kilometer laufen kosten. Meine Mutter ist verzweifelt, ich bin schrecklich mager, meine Zähne füllen mein ganzes Gesicht, meine Brille sieht ungewöhnlich groß aus auf meinem kleinen Kopf. Ich will alles tun, um die Besorgnis meiner Mutter zu dämpfen, aber meine Askese werde ich nicht aufgeben. Heiligabend sitzt die Familie rund um den Tisch, gefüllte Pute mit Rotkohl, weiße und braune Kartoffeln, braune Sauce, Kartoffelchips. Ich begnüge mich mit einem Stück zuckerfrei eingelegter Senfgurke auf dem Teller, des Anblicks wegen. Im Laufe des Abends bekomme ich fürchterlichen Hunger, vielleicht liegt es an all den Düften, ich schleiche mich jedenfalls in die Küche und finde einen Weißkohl. Ich breche ein Blatt ab und kaue es unendlich langsam. Meine Mutter sitzt im Wohnzimmer und kann mein Kauen hören. Sie erzählt mir später, dass es sich anfühlte, als würde ihr jemand mit einem Messer in den Bauch stechen, und schließlich musste sie einfach nur weg von Weihnachtsbaum, Geschenken und Familie, weil sie die Kaugeräusche nicht mehr aushalten konnte. Als ich aus der Küche zurückkomme, sind alle fort bis auf meinen Vater, er sagt: »Du musst selbst wissen, ob du dir das Leben nehmen willst, aber du sollst verdammt noch mal nicht deine Mutter ums Leben bringen.«

Ich nehme noch am selben Abend den Zug nach Hause, Weihnachtsnacht. Niemand sonst ist im Zug, also rolle ich mich auf dem Sitz zusammen und versuche, nicht zu atmen. Aber es schlägt weiter, das beschissene Herz, und ich atme weiter.

Meine Eltern haben diesen Küchentisch, so einen mit Metallbeinen und einer Tischplatte, die alles abweist, buchstäblich. Ich bin wieder zu Besuch, krank und überzeugt davon, dass das Leben scheiße ist. Meine Mutter versucht, mich vom Gegenteil zu überzeugen, während sie selbst vor lauter Müdigkeit umfallen könnte. Vollzeitjob außerhalb und zu Hause, eine sich verstärkende Migräne. Und dann noch eine Tochter von fünfunddreißig Kilo, die die Erbsen auf ihrem Teller zählt, sie zu Häufchen sortiert und diese gleichmäßig auf dem Rand verteilt. Das kostet Zeit, viel Zeit. Um sie am Ende doch nicht zu essen, weil sie zu viele sind. Zu grün. Einfach nichts für mich.

Meine Mutter tut, was sie kann, daran liegt es nicht. Sie kocht Dorsch- und Haferflockensuppe. Ein Teil Haferflocken auf neun Teile Wasser mit dreißig Gramm Dorsch – so verlange ich das Mischverhältnis. Das Ganze esse ich mit einem Teelöffel. Ein Teelöffel voll pro Minute. Ich passe auf die Zeit auf, zähle zwischen jedem Mundvoll bis sechzig. All die Dinge, die ich unter Kontrolle habe, die Minuten und die Erbsen, zum Beispiel.

In Wirklichkeit habe ich rein gar nichts unter Kontrolle.

Offenbar genau da, am Tisch mit Dorsch und Haferflocken und Teelöffel, höre ich zum ersten Mal Bowie. Höre ihn irgendwie wirklich. Im Radio. Es ist still, nur die Geräusche von meinem Teelöffel gegen den Teller, sonst nichts. Ich bin mir nicht sicher, ob einer von uns das Lied kennt. Oder Bowie. Aber wir hören hin. Irgendwann steht meine Mutter auf und stellt das Radio lauter, das sieht ihr gar nicht ähnlich. Sie steht mit dem Rücken zu mir, vielleicht weint sie, vielleicht flucht sie, ich weiß es nicht, die Musik ist zu laut, Bowies Stimme:

»Ground control to Major Tom.
Your circuit's dead, there's something wrong.
Can you hear me, Major Tom?
Can you hear me, Major Tom?«

Nach meiner zweiten Einlieferung bietet man mir ambulante Behandlung an. Der Arzt heißt Kristian, und die Behandlung ist eine Art Gesprächstherapie kombiniert mit Anforderungen an Gewicht und BMI. Ich kann mich nicht erinnern, ob ich genau an dem Tag schon davor gewarnt wurde, aber er holt einen langen Test hervor, den ich schon einige Male zuvor ausgefüllt habe. Das ist so ein Test mit Fragen wie »Wann hast du zuletzt mit einem Marsmenschen gesprochen?« oder »Stammst du von einem anderen Planeten?«. Dann gilt es, kühlen Kopf zu bewahren und nicht »Ja« zu schreiben, auch wenn man sich so fühlt, als wäre man vom Mond gefallen.

Die Fragen handeln auch davon, wie ich in verschiedenen Situationen agiere und reagiere.

»Kleidest du dich gern herausfordernd?«

»Nimmst du oft an festlichen Zusammenkünften teil?«

»Magst du lieber Essen vom Buffet oder fertige Portionen?«

Der Raum, in dem wir sitzen, ist nicht besonders groß, ich schätze mal zehn Quadratmeter. Ich sitze auf einem Børge-Mogensen-Sessel mit blauem Bezug, und der Arzt hat den Stapel mit den Testunterlagen vor mir hingelegt. Er zeigt, kreist ein, schreibt Zahlen auf und legt sie mit anderen Zahlen zusammen. Das alles, um zu einem »Score« zu kommen, sagt er.

Ob es daran liegt, dass ich Essen vom Buffet vorziehe und es irgendwie mit »Ja und Nein« habe, was Feste angeht, weiß ich nicht. Aber der Test zeigt, dass ich eine histrionische Persönlichkeitsstörung habe.

»Das heißt«, erklärt der Oberarzt, »dass du dazu tendierst, dein Verhalten zu dramatisieren. Du ›spielst‹ dich selbst, bist dir bewusst, was du tust und warum, und machst dir Gedanken darüber, wie dich deine Umgebung wahrnimmt.« Er redet und erklärt weiter, aber ich höre nichts. Ich habe das Gefühl, unter einer riesigen Kirchenglocke zu sitzen, die plötzlich zu läuten anfängt. Mein Kopf explodiert und meine Gedanken werden von einer großen, dröhnenden Glocke übertönt.

Ich weiß nicht, warum dieser Test mich fertigmacht, aber es ist so, als würden tausend kleine abgerissene Stümpfe von mir in dem kleinen Raum verstreut herumliegen. Alle Stümpfe sind Münder, die »Hilfe« rufen. Vielleicht weil er recht hat?

Vielleicht weil ich das so vernehme, als hätte mich ein Lügendetektor als Falschspielerin entlarvt und mein Leben als Schauspiel.

Der Arzt erklärt weiter, er sagt, dass die meisten bekannten Menschen solche Züge haben, dass das nicht zwangsläufig ein Problem sein muss. Aber all seine beruhigenden Worte stimmen mich nur noch skeptischer und ich denke, irgendetwas muss völlig falsch sein, wenn es derart viel Bemäntelung erfordert. Am Ende gehe ich mit einer Box Kleenex und erwäge auf dem Nachhauseweg, eines der Tücher zu schlucken, nur um irgendetwas zu tun.

Aber da ist nichts zu machen, ein Kleenex kann keine Löcher stopfen oder den kleinen histrionischen Bandwurm sättigen, der in mir wohnt. Er, der so unendlich gern gesehen und geliebt werden will. Der kleine hungrige Wurm mit einem unersättlichen Appetit auf Fürsorge und Aufmerksamkeit. Und wenn er das nicht bekommt, dann macht er etwas anderes. Schreibt Schwanz, Möse und Scheiße, zum Beispiel. Genau hier – und mit großen Buchstaben:

SCHWANZ, MÖSE, SCHEISSE.

Ich habe solche Angst vor dem Wurm, dass ich eine Zeit lang jeden Abend all das Essen, das bei mir zu finden ist, in einen großen Sack packe, den ich an meinem Fahrrad befestige. Das Rad steht fünf Etagen weiter unten im Hof.

Und jeden Abend, wenn ich kurz vorm Einnicken bin, gehe ich – halb im Schlaf – die Treppe runter, nur mit Slip bekleidet und bloßen Brüsten, den ganzen Weg und über den Hof. Hin zum Fahrrad mit dem schwarzen Sack und FRESSE. Gefrorenes Brot, Karotten, Feigenriegel, zwei Dosen Fischklöße.

Dann mache ich den Sack zu, gehe nach oben und schlafe weiter.

Ich wiege morgens immer mindestens ein Kilo mehr als abends.

Gespräch 12.09.02

Angeblich beschäftigt sich Pat. nicht mit Gewicht und Figur. Es ist für Pat. nicht wichtig, dass die Figur sich verändert, sie hat jedoch Angst davor, gewichtsmäßig zuzunehmen, Angst vor der Zahl und vor ihrer Reaktion darauf. Pat. hat in den letzten 3 Monaten nicht versucht abzunehmen, sichert sich aber dagegen, gewichtsmäßig zuzunehmen. Pat. ist nicht darauf aus, einen flachen Bauch zu haben, fühlt sich nicht fett, nur »unappetitlich«.
Pat. zeigt keine Reaktionen beim Wiegen. Fühlt sich nicht unzufrieden mit ihrem Körper, abgesehen von ihren »Hamsterbacken«.
Zusammengefasst muss man sagen, dass Pat. mit Sicherheit Angst vor Dickleibigkeit hat und erhebliche Vorbehalte, was ihren Körper betrifft.

XXX, Assistenzarzt/dr

Es wird zur Angewohnheit. Ich stehe jede Nacht auf, um zu essen, mache mir meine Müdigkeit und den halb unbewussten Zustand zunutze, um mir Essen einzuverleiben. Das ist keine Bulimie, weder Schlagsahne noch Speckkruste noch Schweizer Schokolade sind Teil des Menüs, sondern Grundnahrungsmittel: Schwarzbrot, Äpfel, Reiswaffeln, Karotten. Die Mengen sind groß, der Hunger Jahre alt, und ich wache verschwitzt und mit einem Puls über hundert auf. Eine Bewusst-unbewusst-Strategie, um den Hunger zu überwinden.

Die Angst vor der Unersättlichkeit und Grenzenlosigkeit folgt. Werde ich als stark übergewichtiges Stück Fleisch enden, das nur mithilfe eines Krans aus dem Bett kommt?

Mein Körper wächst und ebenso meine Kräfte. Ich fange an, etwas zu gleichen, was ein Mensch sein könnte, beschämt, aber lebendig.

Immer, wenn ich von mir rede, kommen mir Zweifel. Wer spricht von wem? Bin ich die Kranke, bin ich die Gesunde?

Die Waage zeigt fünfundfünfzig Kilo. Einst hätte ich mir für weniger das Leben nehmen wollen, aber jetzt ist da etwas, das schwerer wiegt, ich weiß nicht, was. Mir fällt es schwer, meine Schenkel zu betrachten, die zusammenfließen, wenn ich mich aufs Sofa setze, und meine Wangen, zwei kleine Kontinente, so rund und pausbackig.

Fast jeden Tag spaziere ich runter zum See, da stehe ich dann und rufe. Dass ich MEHR haben will, obwohl ich mehr als GENUG habe.

Zum Glück ist der Himmel groß genug, um das zu fassen.

Manchmal, das heißt meistens, wünsche ich mir, dass ich krank bin, so »richtig« krank. Dass das Ganze, das Essen, der Körper, ich, in Wirklichkeit eine Psychose ist, eine Wahnvorstellung.

Dann könnte ich sagen: »Daran hat die Krankheit Schuld.«

Die geschälten Tomaten, die Fischklöße sind Schuld der Krankheit. Mein Mund, der sich die ganze Zeit verplappert, ist Schuld der Krankheit, der Bandwurm, die bloßen Brüste, das Ganze ist Schuld der Krankheit.

Und wenn ich nachts mit zwei leeren Tüten Marshmallows und einem halb aufgegessenen Milchbrötchen in den Händen aufwache und du versuchst, mich zu trösten, rufe ich: »Halt die Fresse!«

Das alles ist Schuld der Krankheit.

Aber ich bin nicht krank, oder?

6

Das erste Mal, als ich ihn treffe, gibt es Huhn auf Orangenscheiben und fein geschnittenen Spitzkohl. Als er die Tür öffnet, sagt er: »Zum Glück bist du in Wirklichkeit schöner als auf den Fotos.« Er studiert auf Lehramt, ich besuche einen Kurs. »Von A bis Z« heißt der Kurs, in dem es darum geht, die eigene Meinung zu vertreten.

Beim zweiten Treffen lässt er mich wissen, dass die Dominanz meines Vaters zerstörerisch ist, und das, obwohl er ihm nie begegnet ist. Am selben Abend sagt er mir, dass er zum Psychologiestudium wechseln will und bezeichnet Madonna als cock-teaser. Wir hören Zwölftonmusik. Er sagt, dass ich einen gewaltigen Drang in ihm wecke. »Ich hätte Lust, deinen Instinkt zur Unterwerfung herauszufordern«, sagt er und nimmt mein Gesicht zwischen seine Hände und presst.

Beim dritten Mal besteht er darauf, bei mir zu Hause zu kochen. Er hat alles eingekauft, wie immer Huhn, Orangen und Spitzkohl, aber dieses Mal auch Kerzen und Servietten.

Ich kann mich nicht erinnern, was ich sage, um ihn zum Gehen zu bewegen.

Er besteht darauf, seine Lebensmittel mitzunehmen, alle, das Ganze. Auch das Huhn, das noch nicht zubereitete. Die rohen Geflügelstücke landen in seiner Jackentasche.

Das ist wohl seine Art, mit den Dingen umzugehen.

Es ist die Zeit, als sich alles um die Abschaltung von Barsebäck dreht. Es wird modern, beim Joggen einen Mundschutz zu tragen. Jedes Mal, wenn einer an mir vorbeiläuft, denke ich: Man kennt seine Pappenheimer.

In diesem Sommer lasse ich meine Lippen austrocknen, bis sie aufplatzen, und ziehe dünne Hautkrusten ab, sodass es blutet. Später schlafe ich mit sechs anderen in einem Zelt und es passiert mir, dass ich im Dunkeln den Falschen küsse – ohne es zu bereuen.

Der mit dem Kuss will thailändische Fischfrikadellen mit Krabben, Zitronengras und süßem Basilikum zubereiten, und ich gehe mit ihm einkaufen. Dort gibt es weder Basilikum noch Zitronengras, stattdessen kauft er sechs Tuborg Guld, die wir teilen.

Das ist nicht dasselbe, aber mindestens genauso gut.

So machen wir es.

Dann gehe ich online und treffe einen Typen, der stottert. Das ging nicht aus unserer Korrespondenz hervor, aber er ist stolz darauf und ziemlich cool. Wir treffen uns an einer Stelle, die aussieht wie eine Brücke, die sich dann aber als Attrappe entpuppt. Auf jeden Fall ist darunter kein Wasser.

Wir essen im Café Kindrødt, er bezahlt alles und ich fühle mich überflüssig.

Später gibt er mir ein Ticket für den Zirkus Benneweis, obwohl er weiß, dass ich rote Nasen nicht ausstehen kann. »Man muss seinen Dämonen ins Auge schauen«, sagt er und hält während der ganzen Vorstellung meine Hand, sodass ich sie nicht vor meine Augen halten kann, als die Clowns hereinkommen.

Nach der Vorstellung stehe ich eine Stunde lang in einem Toilettenwagen, um mich zu übergeben – ohne Erfolg.

Als ich mit ihm Schluss mache, sagt er, dass es garantiert deshalb ist, weil er stottert, und nennt meine Entscheidung »Diskriminierung«.

Auf ihn folgt Niels. Er ist ausgebildeter Physiotherapeut – ein hübscher Kerl. Ich treffe ihn, als ich immer noch unglaublich dünn bin, und fühle durchaus, dass ich Glück habe, dass es jemanden gibt, der mich trotzdem aushält.

Wir machen Ferien im Lalandia in Ringkøbing. Ich weiß nicht, warum gerade Ringkøbing, und schon gar nicht, warum Lalandia? Das Zimmer ist heruntergekommen und die Gardinen lang und schwer. Niels schläft fast den ganzen Tag und sieht die ganze Nacht fern. Ich gehe derweil in der flachen Dünenlandschaft herum und versuche herauszufinden, was verkehrt ist, ich, er oder einfach die Kombination von uns beiden. Ein einziges Mal lasse ich mich auf das Erlebnisbad ein, aber es ist nichts für mich. Danach gehe ich die drei, vier Kilometer nach Ringkøbing, kaufe mir einen Sturzhelm und stelle mich an die Landstraße, die aus der Stadt hinausführt. Der erste Motorradfahrer, der vorbeikommt, nimmt mich mit, ein älterer Mann, der Kjeld heißt. Er will Vögel beobachten. Ich leihe mir sein Fernglas und gucke, habe aber das Gefühl, dass alle Vögel auffliegen, sobald ich sie erblicke. Darüber amüsiert sich Kjeld sehr, bevor er mich nach Hause nach Aarhus fährt, zu meiner und Niels' Wohnung.

Es vergehen drei Tage, bis er anruft, also Niels, und fragt:

»Wo bleibst du?«

Da etwa denke ich, irgendetwas stimmt nicht: Dass Ringkøbing und Lalandia nicht gerade was für mich sind, und dass diese Vögel, die Kjeld mir gezeigt hat, wohl kaum die Dümmsten sind.

Alles braucht seine Zeit. Er ist ja ein flotter Kerl, arbeitet abends als persönlicher Trainer, sehr persönlich, wie sich später zeigt. Er hat Schichtarbeit, kommt spät nach Hause, spielt nachts World of Warcraft und verschläft die Vormittage. Wenn ich gegen drei von der Arbeit nach Hause komme, wacht er zumeist auf und ist geil. Dann ruft er aus dem Schlafzimmer nach mir und ich weiß, was es geschlagen hat. Wenn ich nicht antworte, erscheint er im Schlafrock, nimmt meine Hand und sagt: »Komm!«

Ich weiß nicht, ob seine Libido so groß ist oder meine Lust so gering, auf jeden Fall ist die Kombination unglücklich und es endet immer damit, dass ich hinterher daliege und an die Decke starre. Zähle die Balken an der Decke oder die kleinen blauen Vögel auf der Tapete, berechne die ungefähre Größe des Raumes. Ich denke, dass es mit der Zeit schon besser wird, dass ich mich daran gewöhnen werde. »Übung macht den Meister.«

Aber es wird nicht besser, im Gegenteil. Niels ruft immer öfter nach mir und ich brauche entsprechend mehr Zeit für Besorgungen außer Haus. Das ist anstrengend, auf diese Weise teilzeitheimatlos zu sein, und äußerst unerquicklich, was Niels betrifft, der zu Hause liegt und immer frustrierter wird.

Ich bin sehr asketisch, was Essen angeht, und Niels überzeugt sich selbst und mich davon, dass mein mangelnder Appetit auf Sex an meiner fehlenden Lust auf Essen liegt, nicht umgekehrt. Er liest in einer Sportzeitschrift, dass Bananen die Libido stärken, auch Pfannkuchen – und Schokolade. Also kauft er das alles ein und bietet mir fertig gekaufte Pfannkuchen mit Bananenscheiben und Nutella an, jeden Tag um drei. Ohne Wirkung.

Wir verabreden, dass ich eine Ärztin aufsuche. Sie ist Anfang vierzig. Die Möbel im Wartezimmer sind mit Rindsleder bezogen und man kann zwischen Kaffee, Tee, Brühe und Kakao wählen, während man wartet. Als ich an der Reihe bin, ruft sie mich in den Behandlungsraum, setzt sich und zeigt auf einen Stuhl gegenüber. »Na?«, fragt sie.

»Mir geht's nicht so gut«, antworte ich, und sie sagt, damit hätte sie jetzt nicht gerechnet. »Ha, ha«, lacht sie.

Ich erzähle. Wie ich jeden Tag alles Mögliche anstelle, um nur nicht nach Hause gehen zu müssen, weil ich keine Lust auf Sex mit meinem Freund habe, dass ich es satthabe, dass er die Nächte mit Computerspielen verbringt und die Tage verschläft. Ich erzähle auch, dass ich Probleme damit habe, dass unser einziger Kontakt der »Drei-Uhr-Sex« ist, vergleichbar mit dem Five o'Clock Tea der Engländer. Genauso vorhersehbar, genauso langweilig, genauso mechanisch und steif. Ich erzähle ihr, dass sich mein Körper wie ein Futteral anfühlt, ein Aufenthaltsraum für den Schwanz meines Freundes, und dass er, also der Körper, unabhängig von mir handelt, wenn wir Sex haben. Ich kann sehen, dass sie zuhört. Irgendwann legt sie den Kugelschreiber weg und drückt stattdessen die Fingerspitzen gegeneinander. Sie kann sich das Lachen nicht verkneifen, als ich erzähle, dass ich Niels mal vorschlug, »es sich selbst zu machen«, und er darauf antwortete, das wäre Kraftvergeudung, solange er mich hat.

»Und was erwartest du nun von mir?«, fragt die Ärztin.

Ich antworte in etwa, dass ich nicht genau weiß, was ich erwarte, aber dass ich gekommen bin, weil ich hoffe, dass sie mir das sagen kann. Dann legt sie die Hände auf den Tisch, beugt sich ein wenig nach vorn und sagt Dinge wie »Paarbeziehung ist die Kunst des Kompromisses«, »alle müssen sich krümmen, damit sich die Enden begegnen«.

»Denk einfach: Du stellst das Haus zur Verfügung.«

Am Ende reicht sie mir die Hand: »Ich hoffe, du kommst gut heim.«

Ich gehe nicht nach Hause, sondern in die Stadt und kaufe Pfannkuchen, Nutella und Bananen. Dann gehe ich zum Einwohnermeldeamt und fülle ein Formular für einen Arztwechsel aus. Ich finde auch die Nummer eines Mädchens, Sandra, sie spricht Norwegisch und vermietet Zimmer im Bronzealdervænget. Und ja, da ist ein Zimmer frei, und ja, sie kommt gerne mit Vertrag und Schlüssel vorbei – auch vor drei.

Ich schleiche mich in die Wohnung, während er schläft, der Physiotherapeut. Packe meine Sachen und schreibe einen Brief, schreibe, dass ich eine Tüte Pfannkuchen hingelegt habe, die er im Backofen aufwärmen kann, und dass da auch Schokoaufstrich und ein paar Bananen in der Schale auf dem Fensterbrett sind.

»Ich hoffe, davon wirst du satt. LG«

Entlassungsbrief an Privatarzt 15.08.03

Mit Verweis auf die Entlassungsbriefe nach der 1. und 2. Einlieferung, Abschnitt G, Risskov vom 29.05.01 und 10.12.02, kann Folgendes hinzugefügt werden:
Ende Mai 2003 beginnt Pat. mit der Behandlung im CFS (Zentrum für Essstörungen) mit dem Ziel, das Essverhalten zu normalisieren und eine Gewichtszunahme herbeizuführen. Weitere Arbeitspunkte sind Struktur und Abgrenzung. Mitte Juni 2003 nimmt Pat. eine Auszeit wg. mangelnder Gewichtszunahme, ist aber darauf eingestellt, danach die Behandlung fortzusetzen.
Letztes Wiegen in der Tagesklinik ist am 17.07.03, wo das Gewicht 43 kg beträgt, BMI 16. Nach den Sommerferien 2003 erscheint Pat. nicht, ruft aber an und zeigt sich unsicher, was den weiteren Behandlungsverlauf betrifft. Sie ist mit ihrem Freund zusammengezogen, und dieser meint, dass Pat. nicht in angemessenem Umfang vom Behandlungsangebot der Tagesklinik profitiert. Pat. wird darüber orientiert, dass sie gerne wieder überwiesen wird,

sofern sie zu einem späteren Zeitpunkt meint, von unserer Hilfe Nutzen zu haben.

Medizinische Behandlung

Tabl. Fontex 20 mg täglich

Tabl. Imozop 7,5 mg gegen Einschlafschwierigkeiten

Tabl. Calcichew-D3, 1 x 3 täglich

Fortimel Trinknahrung à 200 ml, Dos. 2-3 Flaschen täglich.

Zukünftige Behandlung

Pat. ist vom eigenen Arzt an einen privat praktizierenden Psychiater überwiesen worden.

Mit freundlichen Grüßen

XXX

Sozialberaterin, CFS

(Dies hier steht in Klammern, weil ich nicht weiß, ob es so passiert ist. Aber er hält mein Gesicht zwischen seinen Händen, ganz fest, und sagt sinngemäß etwas wie: »Nun ja, du siehst ja, wie weit du kommst.«

In der Wohnung ist ein großes Panoramafenster, von dem aus man auf einen Rasen mit Fußballtoren an beiden Enden blickt. Er wirkt riesig, der Rasen, als lägen mehrere Kilometer zwischen den Toren, und man kann das Fenster zur Seite schieben, sodass man direkte Aussicht auf den Fußballplatz hat.

Dort draußen sitzt die Katze und reckt sich über die Balkonkästen, als hätte sie unten im Gras etwas entdeckt. Ich will der Katze helfen, aber Niels hält mein Gesicht fest.

»Musst du nicht gehen?«, fragt er.

Ich denke nur an die Katze, dass sie nicht runterfällt, und sage: »Nein, ich muss nicht gehen.« Dann lässt er mein Gesicht los, geht auf die Knie und lächelt. Ich zeige auf die Katze: »Sollen wir sie nicht reinlassen?«

Er steht auf und schiebt das Fenster zur Seite,

die Katze kommt hereingelaufen, und im selben Moment bereue ich es schon.

Warum muss die Katze in das hier hineingezogen werden, warum darf sie nicht gehen?)

In den zweieinhalb Jahren, in denen wir zusammenwohnen, stellt er sich jeden Tag vor den Spiegel und starrt. Er sagt, er tue es, um zu sehen, wer zuerst den Blick senkt.

Er gewinnt jeden Tag gegen den Spiegel.

Als ich den Physiotherapeuten endlich verlasse, fange ich an, Lars aus Aalborg zu daten. Er verspricht mir ein Hausboot, wenn ich ihm eine Chance gebe, und ich denke: Ein Hausboot, warum nicht? Ich ergreife also die Gelegenheit, und schon im Zug dorthin schickt er mir Bilder von den Blumen, die er für mich gekauft hat, und ein Gedicht, eigentlich ganz schön, etwas über wagen, zu wagen, also den Mut zu finden, mutig zu sein. Ich steige aus dem Zug, und er sieht nicht aus wie ein Mann, mit dem ich mir vorstellen könnte, ein Hausboot zu teilen, aber na ja, man kann ja nicht alles haben, und seine Lippen sind so weich, dass es nicht leicht ist, von ihnen zu lassen. Er nimmt mich mit nach Hause zu Blumen und Wohnung, er macht Essen und ist süß und verspricht, dass wir bald mal raus zum Hausboot fahren. Er studiert Sozialpädagogik, steht früh auf und kommt spät nach Hause, und ich hänge derweil in seiner Wohnung herum. Er schickt zwischendurch Nachrichten, wenn ich allein in der Wohnung sitze, Bilder von Hausbooten, die er im Netz gefunden hat. Irgendwann wird es mir doch zu langweilig und ich denke, ich checke mal mein Datingprofil. Nicht weil Lars nicht süß ist, aber dennoch. Und ich gehe in seinen Computer und ich finde dating.dk, und was sehe ich?: Lars ist eingeloggt.

Ich weiß, so was macht man nicht. Man liest nicht die privaten Nachrichten von anderen, und das ist auch nicht meine Absicht, das passiert einfach. Und ich sehe, dass Lars schreibt. Vom Hausboot und von Blumen, die warten, und darüber, zu wagen, den Mut zu finden, mutig zu sein.

Da ist lediglich das kleine Aber, dass die Person, an die er schreibt, nicht ich bin, sondern eine andere mit demselben Namen. Und da sind noch mehr mit meinem Namen, tatsächlich viele. Ich lese die Nachrichten immer wieder, denke, das muss ein Irrtum sein, irgendeine Funktion, die ich nicht begreifen kann. Denn die Nachrichten an die vielen mit demselben Namen wie meinem sind eine genaue Kopie von der, die ich bekommen habe. Also nicht ungefähr, sondern hundertprozentig, genau derselbe Wortlaut, no shit. Und ich lese, was die Mädchen ihm schreiben: Dass er süß ist, Lars, und dass sie sich freuen, ihn zu besuchen, und dass das schön klingt mit dem Hausboot. Zuerst habe ich große Lust, den Mädchen zu schreiben, die Geschichte aufzupeppen, nachzulegen, mehr als goldene Berge zu versprechen, eine Karosse und Siebensternehotels, alles im Namen von Lars. Aber ich tue es nicht, ich nehme den ersten Zug von Aalborg, nur weg. Und bekomme natürlich eine Menge Nachrichten von Lars, der fragt, wo ich bin, denn wir wollen uns doch zusammen dieses Hausboot ansehen. Ich antworte weder auf die erste Nachricht noch auf die folgenden, und dann verebbt das Ganze.

Dann lasse ich das mit den Kerlen eine Zeit lang, das klappt ganz gut.

Die besten Tage sind die, an denen ich so allein bin, dass ich es nicht merke.

Die schlimmsten sind die, an denen ich es merke.

An manchen Tagen lasse ich das Frühstück ausfallen, »so eine« bin ich. So eine »ich wasche mir jeden zweiten Tag die Haare«, nicht, weil es nötig ist, es ist lediglich einfacher, daran zu denken: Jeden-zwei-ten-Tag. Ich interessiere mich nicht für Dinge, die für etwas gut sein sollen. Ich mag zum Beispiel Radfahren nicht, obwohl ein Arzt mir mal gesagt hat, dass das eine effektive und schonende Art der Bewegung ist. Ich interessiere mich nicht für das Schonende, auch nicht für das Effektive. Wenn ich mich in Embryonalstellung hinlege, ist das kein Versuch, mich zu erinnern, sondern zu vergessen. Ich stehe immer auf, wenn das nicht funktioniert, das mit dem Vergessen.

Ich finde den Ausdruck »seine Augen vorn und hinten haben« gruselig. Wenn wir außer den beiden im Gesicht auch noch jeweils zwei Augen im Nacken mitzählen, und es gibt sieben Milliarden Menschen auf der Erde, dann sind da plötzlich vierzehn Milliarden Augen mehr, denen man sich gegenübersieht. Gruselig. Als Kind weigerte ich mich, bei diesem Singspiel mitzusingen: »Zeigt her eure Füße, zeigt her eure Schuh, und sehet den fleißigen Wäscherinnen zu.« Ich verstand nicht, wozu das dienen sollte: »Sie waschen und waschen und waschen den ganzen Tag.« Wieso?

Ich verstehe das bis heute nicht.

Ich finde, dass der Zirkus viel über uns Menschen aussagt. Pferde mit Federschmuck und eine Manege, geformt wie die Erde: rund, runder, am rundesten. Très formidable. Als Kind tat ich so, als würde ich nichts verstehen. Von Zirkus, Blickkontakt und halb fertigen Sätzen – oder wie groß der Baum zu Weihnachten sein sollte. Nichts.

Ich begreife immer noch nichts, aber jetzt tue ich nicht länger so als ob. Meine Mutter hat ihren Mädchennamen behalten, mein Vater versteht das nicht, die Frage ist: Was gibt es da zu verstehen?

Falls ich gefragt werde, was das Schlimmste ist? Was das Beste ist?

Dann ist die Antwort dieselbe.

7

Ich werde mit einem großen Blutschwamm unter dem linken Schulterblatt geboren, so groß wie eine halbe Orange. Ich frage meine Mutter, warum ich dieses große blaue Merkmal habe, und meine Mutter antwortet: Weil du etwas »ganz Besonderes« bist. Ein schönes Gefühl, etwas ganz Besonderes zu sein, aber ich finde es schade, dass diese Schwellung so verborgen für andere ist, darum frage ich sie, warum der Blutschwamm auf meinem Rücken versteckt ist.

Sie sagt, es würde merkwürdig aussehen, wenn der mitten auf der Stirn wäre.

»Dann wärest du eher speziell als besonders«, erklärt sie.

Auf diese Weise lerne ich, dass es einen gewissen Unterschied zwischen dem Besonderen und dem Speziellen gibt und dass es wichtig ist, seine empfindlichen Punkte nicht zur Schau zu stellen.

Ich mache mir lange Gedanken, ob ein Blutschwamm eine Art ungeborener Zwilling sein kann, mehr speziell als besonders, und das führt zu vielen langen Briefwechseln.

»Lieber Blutschwamm, liebe empfindliche blaue Schwester, liebe Nayaa.«

Sie fängt an zu antworten, der ungeborene Zwilling, ich weiß nicht, ob das gut oder schlecht ist.

Es beginnt mit einem Blutschwamm und zwei verwirrten Knien. Später kommen die Brüste dazu und schließlich all das andere.

Ich lerne, mich zu meinem Körper zu verhalten, so wie ich mich zur Wirklichkeit verhalte.

Das heißt by proxy.

Das kann so sein.

An den meisten Tagen stehe ich auf und schlüpfe in einen Körper, als wäre er meiner. Ich putze die Zähne, als würde das Sinn machen, föhne die Haare. Ich mache Kaffee, als wäre es genau das, was sein muss, gehe eine Runde mit dem Hund und werfe ein Stöckchen, als wäre ich so eine, die eine Runde mit ihrem Hund geht, so eine, die ein Stöckchen wirft.

Ich habe an diesen Tagen nichts auszusetzen.

Die funktionieren prima, ich bin überzeugend.

Oder.

Irgendwann verliere ich das Gefühl in meinem linken Daumen und in dem weichen Bereich gleich darunter. Es sind die Nervenenden, die durch zu wenig Sauerstoff beschädigt wurden, sagt der Arzt.

Er erklärt mir, dass die Gefühllosigkeit gekommen ist, um zu bleiben. Dass sie noch keine Bestandsaufnahme von den Nebenwirkungen gemacht haben, also wie viele und wie schlimm.

»Keine Bestandsaufnahme?«, frage ich, und er antwortet, dass sie zurzeit keinen Überblick darüber haben. Da fange ich an zu heulen, denn das ist ja verdammt noch mal das Einzige, was ich vermisse. Einen Überblick. Jemanden, der auf meine Hände zeigt und sagt, das sind meine. Jemanden, der meine Füße berührt und mir sagt, wohin sie gehen sollen.

Die Gefühllosigkeit stinkt. Genauso wie es stinkt, ein Gespenst im eigenen Körper zu sein, mit der Hand eines Fremden zu winken. Hei! Hei!

»Einen Körper« zu tragen – in Anführungszeichen.

Ich gehe zu Kvickly, um Marmelade zu kaufen, fange angesichts der großen Auswahl an zu weinen. Hagebutte mit Chili, Sanddorn mit Ingwer, Orange mit einem Schuss Pfeffer.

Am Ende kaufe ich ein Glas extra scharfes Sambal Oelek, wohl vor allem deshalb, weil es da herumsteht, zwischen all den Marmeladen, völlig falsch platziert, und flüstert: »Ich weiß durchaus, wie es dir geht.«

Liebes Dasein, liebes Astronauteneis ohne Gummibärchen. Kannst du ein Stück zur Seite rücken, damit ich vorbeikommen kann?

LG

Im Radio höre ich von einem englischen Offizier, der Kindersoldaten in Ruanda getroffen hat. Zehnjährige Jungen und Mädchen mit roten, von Drogen gezeichneten Augen und automatischen Gewehren.

»Die sind am leichtesten für die Heere dort unten zu drillen«, erzählt er, »die tun alles für ein Lob und Anerkennung durch ihren Anführer. Wenn nötig würden sie ihre eigenen Familien erschießen.«

»Aber was macht man«, fragt der Offizier plötzlich den Journalisten, »wenn eines der Kinder sich plötzlich gegen dich wendet und mit dem Gewehr auf dich zeigt?«

»Was hast du gemacht?«, fragt der Radiojournalist.

»Ich habe sie erschossen. Direkt zwischen die Augen«, antwortet der Offizier. »Was hättest du getan?«

Und dann heule ich, nicht weil der Offizier das Mädchen erschossen hat, sondern weil ich dasselbe getan hätte. Am meisten weine ich, weil ich eine gute Kindersoldatin geworden wäre, als ich zehn Jahre alt war.

Sie entscheiden sich übrigens dafür, den Blutschwamm zu entfernen. Sie machen es ambulant mit örtlicher Betäubung, und ich höre sofort auf zu weinen, als sie ihn entfernt haben.

Hinterher spucke ich auf den Spiegel im Badezimmer und wundere mich, als ich sehe, dass das Streifen über mein Gesicht zieht.

In einer Zeitschrift schreiben sie über Nahtoderlebnisse und über Licht am Ende des Tunnels.

Ich selbst habe keinerlei derartige Erfahrungen, aber ich weiß, dass ich so nah an etwas bin, dass es sich anfühlt, als wäre ich bereits dort.

Von dort aus erzähle ich.

Wenn du sechsundzwanzig Fotos von den Augen einer blinden Eule machst, kannst du immer noch nicht die Eule sehen.

Wenn du sechsundzwanzig Fotos von den Augen einer blinden Eule machst, kannst du immer noch nicht der Eule in die Augen sehen.

Wenn du sechsundzwanzig Fotos von den Augen einer blinden Eule machst, kannst du immer noch nicht sehen, dass die Eule nicht sehen kann.

Wenn du sechsundzwanzig Fotos von den Augen einer blinden Eule machst, kannst du immer noch nicht sehen, was die Eule nicht sehen kann.

Es ist lange her, dass ich mit Trauer etwas verbunden habe, was zwischen den Händen geschieht.

Aber heute Morgen pflückte ich im Innenhof den letzten Ananasapfel vom Baum, und da konnte ich sie plötzlich spüren. Und mich.

8

Dann nehme ich einen Stein in die Hand und schließe die Augen. Dann wünsche ich mir, dass der Stein ein Wunschstein ist. Dann wünsche ich mir, dass meine Hand die eines anderen ist und dass ich der Stein bin. Dann wünsche ich mir, dass der Stein die Augen öffnet und dass er keine Angst bekommt.

Dank an Hanne Højgaard Viemose für die kompetente und liebevolle Beratung, an Statens Kunstfond für die finanzielle Unterstützung und an Hald Hovedgaard für den Arbeitsaufenthalt.